K.NAKASHIMA SELECTION
VOL.39

SANSON
サンソン
ルイ16世の首を刎ねた男
〈2023年版〉

脚本：中島かずき

原作：安達正勝『死刑執行人サンソン』より

論創社

サンソン——ルイ16世の首を刎ねた男——〈2023年版〉

装幀　鳥井和昌

目次

サンソン――ルイ16世の首を刎ねた男――〈２０２３年版〉

◉登場人物

シャルル＝アンリ・サンソン
ルイ16世
ナポリオーネ・ブオナパルテ（皇帝ナポレオン1世）

ジャン＝ルイ・ルシャール
トビアス・シュミット
ジョゼフ・ギヨタン
シャルル＝ジャン＝バチスト・サンソン
マクシミリアン・ロベスピエール
ルイ＝アントワーヌ・サン＝ジュスト

マリー＝アントワネット
ジャンヌ・ベキュ・ヴォーベルニエ（デュ・バリー夫人）
イークス侯爵夫人
ラ・モット伯爵夫人
エレーヌ

グロ
ラリー＝トランダル将軍
アントワーヌ・ルイ博士
高等法院裁判長
イークス侯爵夫人の弁護人
マチュラン・ルシャール
侍従長

宮廷の廷臣
貴族
パリの市民
判事
助手
役人
兵士
ナポレオンの仲間
工夫

書記
若者
議員

―第一幕― Monsieur de Paris

【第一景】

暗闇の中に絞首台、そして大剣が置かれた断頭台が浮かび上がる。

それをじっと見つめる男。シャルル＝アンリ・サンソン。

パリの死刑執行人だ。緑のマントを翻し歩く。

トリコロールの旗を持った人々がサンソンの周りを通りすぎていく。彼とすれ違った瞬間、人々の旗が赤い血に染まる。振り向くサンソン。だが人々はそのまま通りすぎて消え去る。

そこに断頭台の刃が落ちる音が重なっていく。

人々が倒れていくイメージ。

そこに裁判長の声がする。

裁判長　被告シャルル＝アンリ・サンソン、前に。

声の方を見るサンソン。明るくなる。

そこはパリ高等法院。時に１７６６年。

サンソンは法廷に立っている。

裁判長　改めて名前と職業を。
シャルル　シャルル＝アンリ・サンソン。パリで死刑執行人を務めております。
イークス　その男よ！　その男が私にとんでもない屈辱を!!
弁護人　落ち着いて、マダム。よろしいか、裁判長。
裁判長　どうぞ。
弁護人　被告、シャルル＝アンリ・サンソンは、死刑執行人でありながら、その身分を偽り、イークス侯爵夫人と食事の席を共にしました。夫人は食事の後に、彼が血に汚れた処刑人だったことを知り、激しく動揺し心神喪失状態となりました。
イークス　自分の目の前にいた男のナイフとフォークを持つ手が、残忍な所業を繰り返してきたものであることを知った時、誰が心乱さずにいられましょう。今もあの夜のことを思い出すと、怒りに身体が震えます。（と、声も震える）
弁護人　あろうことか、この男は夫人に職業を問われた時に、高等法院の役人だと答えたのです。ですが、彼の卑怯な嘘は見破られました。イークス侯爵夫人のような不幸があってはならない。処刑人などという忌むべき職業に就いている人間はいかなる人とも食事を共にすることは許されない。被告は夫人に対して与えた侮辱に対し深く謝罪すること。そして今後死刑執行人は、誰にでもすぐわかる印を衣服及び馬車につけることを求めます。以上です。

弁護人の発言が終わる。入れ替わり発言しようとするシャルル。裁判長が問う。

裁判長　被告の弁護人は？
シャルル　いません。
裁判長　いない？
シャルル　そう。誰も弁護人を引き受けてくれなかった。ですから私自身が私の弁護人となります。
裁判長　やむを得ないか。

と、シャルルの発言をうながす裁判長。

シャルル　確かに私の職業はパリの処刑人です。ですが、そのことを私は恥じない。これは、国が私に命じた仕事だ。この高等法院が法に則り与えた罰を、法に則り執り行なう。国家が死刑と決めた罪人ならば、国家の要請に従い処刑する。にも関わらず、原告は高等法院に私の処罰を求めた。それは弁護人でありながら高等法院の、いや国家の仕組みそのものへの侮辱ではないでしょうか。
弁護人　そんなつもりはない！

裁判長、弁護人に静粛にというそぶりをする。

シャルル　軍人と食事の席を共にして名誉を汚されたと思う人間はいない。なのになぜ処刑人は忌むべき職業と決めつけますか。

イークス　当然よ。軍人と処刑人では何もかもが違う。

シャルル　軍人の仕事とは何か。国家の命《めい》により敵と戦い、時に殺すことです。処刑人の仕事とは何か。国家の命により罪人を処罰し、時に殺すことです。何が違うと言うのですか。

イークス　それは……。

シャルル　軍人が命《いのち》を賭けるように我々処刑人も職務にこの身を賭けているのです。しかも軍人はこの国だけで10万人はいる。ですが、パリには私一人です。処刑人一人がパリの犯罪者すべてと対峙し、公共の安寧を維持しているのです。誇りこそあれ、処刑人であるというだけで、恥じなければならない理由は何一つない。

シャルル、イークスを見る。

シャルル　あの夜、レストランに入った時、侯爵夫人は自ら私を席に招いてくれた。私に好意を持ってくれた。

イークス　そんなことはない！

シャルル　もしも私が処刑人でなければ、このような裁判は起こさなかったはずです。改めてお願いする。軍人が国家にとって必要であるのならば、私の職業もまた社会にとって有用なことを認めてほしい。今回、私には弁護人もついてもらえなかった。だから私自身が弁護をしている。この異常事態がなぜ起こっているのか、そのことをなにとぞ判事の皆様もお考えいただきたい。以上です。

シャルルの弁舌に侯爵夫人も弁護人も押し黙る。裁判長や判事達も彼の言葉に納得した表情をしている。

満足げな表情のシャルル。

去りゆくシャルルを畏敬の念を持って見送る人々。

× × × ×

数日後。

パリのある酒場。客で賑わっている。

シャルルが若い女性と食事をしている。女性の名は、ジャンヌ・ベキュ・ヴォーベルニエ。

シャルルの愛人である。祝杯をあげる二人。

ジャンヌ　乾杯。

シャルル　乾杯。

シャンパンを飲み干す二人。

シャルル　高等法院の判断は、告発状は無期限で留保するというものだったからな。事実上の訴え却下だ。

ジャンヌ　自分で自分を弁護して勝利を得るなんて、さすがね。

シャルル　これで処刑人に対する偏見が少しでもなくなればいいのだが。

ジャンヌ　どうでしょうね。私は気にしないけど。

シャルル　ああ、だから君と付き合えるんだよ、ジャンヌ。

と、そこにシャルルの助手のグロに案内されて一人の初老の男が入ってくる。シャルル＝ジャン＝バチスト・サンソン。シャルルの父親だ。足を引きずっている。父に気づくシャルル。

シャルル　……父上？　なぜパリに。（と、つぶやく）

グロ　大旦那様、旦那様はあそこに。

バチスト　ああ。ありがとう、グロ。

シャルルのテーブルにつくバチスト。

シャルル　お身体は、大丈夫ですか。
バチスト　ああ、なんとか手は動くようになってきた。（と、両手を動かす。ジャンヌを見て）夜遊びが盛んなようだな、シャルル。
シャルル　彼女はジャンヌ・ヴォーベルニエ。（ジャンヌに）僕の父、バチストだ。
ジャンヌ　お話はいつも伺っています。（給仕に）シャンパンを。
バチスト　いや。この身体だ、遠慮するよ。（給仕に）水をくれ。そう、ガス入りで。（ジャンヌに）少し二人で話したいのだが。よろしいかな。
ジャンヌ　ええ、どうぞ。

ジャンヌ、席を立ち、他の客の方に行って話をし始める。
その間に給仕が炭酸水を持ってくる。グラスを持つバチスト。

バチスト　裁判でのお前の勝利に。（と、グラスを掲げる）処刑人の名誉をよく守ってくれた。

グラスを掲げそれに応えるシャルル。と、他の客と騒いでいるジャンヌの笑い声が響く。

ジャンヌ　アハハハハ！

バチストは眉をひそめる。

バチスト　だが、今のお前の振る舞いはあまりほめられたものではないな。

シャルル　何がです。

バチスト　お前も結婚したばかりだろう。裁判に勝ったとはいえ、酒場で女友達と羽目を外していては、また世間から何を言われるかわかったものではない。

シャルル　結婚は結婚、恋愛は恋愛。貴族の間ではそれが普通です。

バチスト　貴族と同じ振る舞いがしたいのか。

シャルル　サンソン家は、貴族と同様に剣を持つことも許されている。高等法院からの命《めい》を受け仕事を行なう立派な役人だ。パリの処刑人は、ムッシュ・ド・パリと呼ばれている。まるでパリの代名詞のように。でも実情はどうです。人からは白い目で見られる。ただ一緒に食事をしただけで訴えられる。裁判では弁護人すらつかない。僕はこのパリの町で、堂々と誇りを持って生きたいだけです。

バチスト　……お前の気持ちはわかる。私の祖父も父もずっとその偏見に苦しんでいた。だが、無理はするな。処刑人は処刑人だ。人の命を奪うことは自分の命を削ることでもある。この身体を見ろ、ボロボロだ。己の心と体を静かに蝕む。あまりムキになるとこの私のようになるぞ。

と、不自由な足を示す。

シャルル　それでも僕は誇り高くありたい。でなければ、サンソン家は呪われた一族となってしまう。
バチスト　そうか。それが徒労に終わらないことを祈ろう。
シャルル　……僕を諫《いさ》めに来たんですか。そのためにわざわざパリに？
バチスト　……いや。まもなくトランダル将軍の処刑だろう。
シャルル　まさか、そのために。
バチスト　ああ。
シャルル　その身体では無理だ。
バチスト　わかっている。だが、立ち会わねばならんのだ。彼とは古い友人だ。約束なんだよ、彼と私の。
シャルル　……。
バチスト　帰るぞ、グロ。

立ち上がろうとするバチスト。手助けするシャルル。グロも近づきバチストを助ける。

バチスト　お前も夜遊びはほどほどにしろよ。
シャルル　ええ、わかってます。

挨拶するジャンヌに軽く手を振ると、店を出るバチストとグロ。ジャンヌ、シャルルのテーブルに戻る。

ジャンヌ　私、社交界にデビューするの。デュ・バリー子爵のつてで。
シャルル　デュ・バリー子爵？
ジャンヌ　ええ。お父様に伝えて。あなたのご子息は奥様にお返ししますって。
シャルル　ジャンヌ。
ジャンヌ　私は処刑人には偏見はない。社交界で有名になって、そう、国王の愛妾になったとしても、貴方に会えば喜んで挨拶を返すから。
シャルル　国王ってルイ15世の？　愛妾に？
ジャンヌ　ええ。
シャルル　大した自信だな。
シャルル　自分の恋人にはそれだけの魅力はないと？
ジャンヌ　そうは言わないが。
シャルル　まあ、見てなさい。ヴェルサイユ宮殿を取り仕切ってみせるから。楽しかったわ、
ジャンヌ　シャルル。じゃあね。

と、シャルルの頬に口づけすると立ち去るジャンヌ。半ば呆れ、半ば感心したように見送るシャルル。残ったシャンパンを飲み干すと席を立つ。

×　×　×　×

同年、5月7日の午後。処刑場の広場。
市民達が見物に集まっている。広場の周りの建物からも顔をのぞかせている市民達。
処刑を楽しみにしているのだ。
書記とバチストが先に来て待っている。見物人を見て呟くバチスト。

バチスト　相変わらず大勢の見物人だな。
書記　罪人の処刑は、市民の大きな娯楽だからな。特に有名な将軍の首を刎ねるとなれば尚更だ。

ラリー＝トランダル将軍が、シャルルとグロに連れられて現れる。将軍、猿ぐつわをはめられている。処刑人と罪人の登場に市民達は盛り上がる。

バチスト　猿ぐつわをはずせ、シャルル。
書記　しかし、それは。
バチスト　彼は私の古い友人だ。責任は私が持つ。いいからはずせ。
シャルル　はい。

と、将軍の猿ぐつわをはずす。処刑台に上るシャルル、グロ、トランダル。

トランダル　シャルル＝ジャン＝バチスト。来てくれたのか。
バチスト　約束ですから。
トランダル　では、君がやってくれるのか、光栄だよ。
バチスト　いや、私は年老いた。あなたとの約束は私よりも若く力強い手が果たすでしょう。息子のシャルル＝アンリです。私はそれを見届けにきたのです。
トランダル　……そうか。
バチスト　あれだけの軍功がありながら、なぜあなたが。残念だ。
トランダル　戦争は得意だが、どうやら本当の敵は宮廷にいたらしい。あそこは、隙あらば足を引っ張ろうという連中でいっぱいだからな。油断したよ。この縛《いまし》めを解いてくれるか。
シャルル　それはできません。
トランダル　このラリー＝トランダルが後ろ手にされたまま、首を刎ねられるというのか。
シャルル　決まりなのです。
バチスト　将軍、それはお許し下さい。

バチストの説得に渋々納得するトランダル。

シャルル　グロ、将軍の後ろ髪を切ってくれ。首が見えるように。

トランダル　それは不要だ。まとめるだけでいい。
シャルル　しかし。
トランダル　かまわん。
バチスト　シャルル、将軍が望む通りにしろ。
シャルル　はい。

シャルルとグロ、トランダルの髪をまとめる。
準備ができると、書記がトランダルの罪名を読みあげる。

書記　トマ＝アルチュール・ド・ラリー＝トランダル。そなたはインドにおいてイギリス軍に敗北し、国王の利益を著しく損なった罪で、斬首刑とする。

わーっと歓声をあげる市民。
その言葉にカッとなるトランダル。

トランダル　国王の利益を損ねた⁉　この私が⁉　ふざけるな‼

その剣幕に市民もおとなしくなる。諫《いさ》めるシャルル。

シャルル　将軍。

トランダル　私がどれだけフランスのために戦ってきた！　罪ならば、宮廷に蠢《うごめ》く佞臣《ねいしん》どもの方にある！

バチスト　落ち着いて、将軍。あなたも軍人なら、その最期を汚してはいけない。

その言葉に落ち着くトランダル。

トランダル　……すまなかった。さあ、やってくれ。

と、跪《ひざまず》き首を下げるトランダル。

人々が周りに集まりトランダルの姿は見えなくなる。シャルル達立っている人間の上半身だけが見える。

シャルル、大剣を構える。人々が歓声をあげる。シャルル、バチストを見る。うなずくバチスト。剣を振り下ろすシャルル。と、トランダルの悲鳴があがる。

トランダル　うわあああ！

書記　失敗した⁉

バチスト　どうした！　まだ首は繋がってるぞ！

シャルル　すみません！

トランダル　あああ！（苦しみながら）
バチスト　早くしろ！

血染めの剣を上げ呆然とするシャルル。
バチストが、その剣を取り上げる。

バチスト　よこせ！

と、大剣を振り下ろすバチスト。市民達が歓声をあげる。
ひと降りでトランダルの首を落としたのだ。

バチスト　首を掲げろ、シャルル。
シャルル　え。
バチスト　これはお前の仕事だ、早く。

シャルル、トランダルの首を掲げる。
市民達が歓声をあげる。高揚感が絶頂に達する。
バチストよろけ、大剣を支えにする。書記が彼を支える。
グロが首を袋に入れる。シャルルとバチストが処刑台を降りる。舞台は暗くなり、トランダルの亡骸を乗せた処刑台ごと人々は消えていく。
ただ、シャルルとバチストにのみ光が当たっている。

シャルル　申しわけありません。
バチスト　髪がほどけたか、将軍の。
シャルル　ええ。それで剣が滑ってしまい。
バチスト　……それでも失敗は許されない。苦痛を与えずに一瞬で楽にしてやる。それがムッシュ・ド・パリと呼ばれる者の仕事だ。
シャルル　はい……。
バチスト　まず技を磨け。貴族のように生きたいなどと言うのはそれからだ。

と、大剣をシャルルに渡すバチスト。

シャルル　でも、だったら。
バチスト　だったら?
シャルル　だったら、もっと罪人に苦痛を与えないやり方を考えるべきです。処刑人の腕に左右されずに、安らかに死を与えられる方法を。それもまた僕らの仕事のはず。
バチスト　それが逃げでなければいいがな。

足を引きずり、立ち去るバチスト。

それを見送るシャルル。

失意に沈むシャルルと祭りが終わった後のように、陽気に引き上げる市民達の姿が交錯する。


――暗　転――

【第二景】

1774年5月。ヴェルサイユ宮殿。広間。

ルイ・オーギュスト王太子とマリー＝アントワネット王太子妃が不安げに待っている。

侍従長がそばにいる。

ルイ16世　王の様子はどうだ。
マリー　よろしくないですわ。今、デュ・バリー夫人が呼ばれました。
ルイ16世　彼女はどうした。
廷臣1　陛下のご命令で、宮殿を退出せよと。
ルイ16世　……死期を悟られたか。しかし天然痘とは……。

と、人々の泣き声が聞こえる。

デュ・バリー夫人が供の者を従えて、国王ルイ15世の部屋から出てくる。

豪華なドレスを着ているが彼女はジャンヌ・ベキュ・ヴォーベルニエである。本当に王の愛妾となったのだ。侍従長に告げる夫人。

夫人　たった今、ルイ15世国王陛下が息をひきとられました。

と、他の貴族や他の廷臣達が広間に現れる。

侍従長　国王陛下は崩御なさいました。
ルイ16世　そうか。
侍従長　（ルイを見て）国王陛下万歳！

一同、二人の周りを取り囲む。

貴族1　おめでとうございます、ルイ16世国王陛下。
貴族2　おめでとうございます、マリー＝アントワネット王妃。

王太子はここよりルイ16世となる。
と、マリー王妃、王に寄り添う。
大勢の貴族達に祝福される二人。
デュ・バリー夫人は一人、かやの外に居る。

夫人　国王の愛妾など、王が死ねばただの人ね。ヴェルサイユはあなたのものよ。マリー王妃。堪能なさい。

そう呟くと闇に消えるデュ・バリー夫人。

×　　×　　×　　×

宮殿前の広場。人々が集まっている。
新国王ルイ16世の誕生を祝う人々だ。
その中にはシャルルとグロもいる。
と、謁見台にルイ16世とマリー王妃が現れる。彼らを見上げる市民達。熱狂の声をあげる。

市民（男）　見ろ、国王陛下だ。
市民（女）　マリー王妃もいるわ！

シャルルも感激している。

グロ　なんと若々しい国王と美しい王妃でしょう。
シャルル　（嬉しそうに）ああ。

と、ルイ16世が人々に対して宣言する。

ルイ16世　余は、父ルイ15世の跡を継ぎ、このフランスに再び栄光を取り戻すことを誓う。そう、太陽王ルイ14世の御代《みよ》のように。このマリー王妃とともに。

マリー　私はフランスを愛します。国王とその臣民達を。

市民達が声をあげる。

市民達　国王陛下万歳！　マリー王妃万歳！

その姿を喜ばしげに見ているシャルル。

シャルル　きっとこの国は変わるぞ。新しい国王陛下が、きっと変えてくれる。我々の仕事も……。

グロ　旦那様、そろそろ。

シャルル　そうだな。

立ち去るシャルルとグロ。

×　×　×　×

別の場所。追い立てられるように立ち去る上着を着て旅仕度のデュ・バリー夫人。恨めしげにルイ16世とマリーを見上げる。が、踵《きびす》を返して立ち去る。

×　×　×　×

シャルルの自宅。

仕事場の一部が診療所になっている。

シャルルとバチストが市民の治療をしている。

バチストは患者のケガの具合を見ている。

シャルルの患者は中年男性。ジョゼフ・ギヨタンである。

シャルル　肩の筋肉が炎症を起こしている。湿布を出します。それで痛みはおさまるはずです。

ギヨタン　ありがとうございます。それにしても見事な診断だ。処刑人として恐れられているサンソン家に、これだけ大勢の人々が頼ってくるのがわかります。

シャルル　仕事で得た知識を少しでも人々の役に立てられればと。先祖代々続けてきました。

包帯を巻き直して治療が終わるギヨタン。

バチストの診察が終わる。彼が診ていた患者が礼を言う。

患者　ありがとうございました。

バチスト　悪くなったらいつでも来なさい。

患者　はい。

患者は感謝の意を表して帰っていく。

ギヨタン　みんな、喜んでいる。素晴らしいことです。
シャルル　少しでも我々処刑人への偏見がなくなればいいのですが。
ギヨタン　そう願いますよ。人体の構造に関しては私よりも詳しいかもしれない。

診察が終わったバチストも会話に加わる。

バチスト　パリ大学の解剖学教授にそう言われると心強いですな、ギヨタン先生。
ギヨタン　いやいや。
バチスト　それにしても、わざわざここまで足を運んで下さったのは何か理由があるのでは？ ただ、治療を受けに来ただけとも思えませんが。
ギヨタン　実は、少しお話ししたいことがありまして。
シャルル　私達にですか？
ギヨタン　はい。今の死刑制度について。
シャルル　死刑制度？
ギヨタン　今、わがフランスでは、斬首は貴族の権利。平民は絞首刑、親殺しにいたっては車裂きの刑など非常に残忍な刑が執行されています。

バチスト　絞首刑が残忍かね。
ギヨタン　斬首ならば死は一瞬に訪れ苦しみもないですが、絞首刑は長く苦しみます。車裂きに至っては手足を潰した罪人を車輪に縛りつけて死ぬまで放置。そのあとに火あぶりにするというもの。
バチスト　親殺しの大罪だ。長く苦しむのは当然だろう。
ギヨタン　私は、車裂きのような残酷な刑罰は廃止して、貴族も平民もすべて、死刑は斬首刑に一本化すべきだと思うのです。
バチスト　貴族の特権を奪えと。
ギヨタン　罪を償い、天に召される瞬間です。貴族も平民も同じ人間として、苦痛が少ない刑とする。それが人道的だとは思いませんか。死を前にしてくらい、人は平等であってもいいではありませんか。
バチスト　くだらん。なぜ貴族と平民が同等に語られなければならない。
シャルル　でも、たしかに苦痛は少ない方がいい。私も常々そう思っていました。
バチスト　シャルル。
シャルル　しかし、人の首を切り落とすのは生半可なことではない。解剖学をご専攻の教授ならよくおわかりでしょう。
ギヨタン　はい。
シャルル　平民全員の死刑を斬首刑にしたら、処刑人にかかる負担が大変なものになります。
ギヨタン　……やはりそうですか。

シャルル　ただ、気持ちは同じです。何かご協力できることがあれば仰って下さい。
ギヨタン　ありがとうございます。あなたにそう言ってもらえれば心強い。また、ご相談させて下さい。

と、帰ろうとするギヨタン。

シャルル　……本当は死刑制度が廃止になれば一番いいんですけどね。
ギヨタン　え。（と、足を止める）
バチスト　おい。（と、シャルルをにらみつける）
シャルル　罪を償わせたいのなら禁固刑にして、己の罪を充分に反省する時間を与えればいい。時折そう思うことがあります。では。

ギヨタンに会釈するシャルル。

ギヨタン　では。

ギヨタンも会釈して出ていく。
バチストが、シャルルに食ってかかる。

バチスト　シャルル、お前は何を言い出す。死刑が廃止されたら死刑執行人も廃止だ。サンソン家は職を失うことになる。それでもいいのか。

シャルル　わかっています。

バチスト　ムッシュ・ド・パリの誇りを忘れたのか。お前自身だぞ、パリの町を胸を張って歩きたいと言ったのは。

シャルル　はい。やるからには誇りを持って生きたい。ですが、実際に手を血で染めることの重さもよくおわかりでしょう。職務に身を捧げた父上なら。自分の子どもにも、この重荷を背負わせるのか。迷いがあるんです、僕にも。

バチスト　……話にならんな。死刑執行人は高等法院の命令に従い、刑を執行する。そうやって我々は生きてきた。

シャルル　……。

バチスト　私も老いた。お前がしっかりしなくてどうする。サンソン家を守ることもお前の仕事だ。頼むぞ、シャルル。

そう言って出ていくバチスト。考え込むシャルル。

――暗　転――

【第三景】

1786年6月21日早朝。

コンシェルジュリー監獄。中庭。

見物人が集まっている。まるでお祭りのような賑わい。

ジャン＝ルイ・ルシャール、トビアス・シュミット、エレーヌの三人も駆けつける。

平民の若者達だ。ルイ＝アントワーヌ・レオン・ド・サン＝ジュストもいる。ジャン達とは知り合いだ。彼らに声をかけるサン＝ジュスト。

サン＝ジュスト　遅かったな、ジャン。
ジャン　サン＝ジュスト。
サン＝ジュスト　トビアスに、エレーヌもついてきたのか。
エレーヌ　ごめん、私が遅れたから。
トビアス　まだ処刑は始まってないようだな。
サン＝ジュスト　ああ、でももうすぐだ。

と、シャルルとグロ、他の助手が数名、書記がラ・モット伯爵夫人を連れて現れる。

後ろ手に縛られているラ・モット夫人。

市民　来たぞ！
ジャン　あ、来た来た。
トビアス　あれがラ・モット伯爵夫人か。
エレーヌ　え、どこ？

などと言いながら、三人が割って入ってくるので迷惑そうな顔をする若い軍人。

若い軍人　押さないでくれるかな。
ジャン　あ、すみません。

あやまる三人。

エレーヌ　（ラ・モット夫人を見て）結構綺麗な顔してる。
トビアス　あの顔でマリー王妃の名前を騙って首飾りをだまし取ったんだ。
サン＝ジュスト　ロアン枢機卿《すうききょう》って金持ちもたらしこんでな。
ジャン　最低だよ。貴族の奴らは。マリーもグルだって噂もある。
エレーヌ　ただの噂でしょ。王妃様のことを呼びすてはよくないわよ、ジャン。

ジャン　かまうものか。だいたい彼女が贅沢のしすぎなんだ。
エレーヌ　おじさん怒ってるわよ。王家への敬意が足りないって。
ジャン　敬意を払えないような政治をやってるからだ。
サン＝ジュスト　その通り。貴族の奴らは平民の暮らしなんて気にかけてない。俺達はもっと怒りの声をあげるべきだ。
トビアス　（前を行くラ・モット夫人に叫ぶ）この詐欺女！　俺達の税金を返せ‼
ジャン　ああ、そうだ。王宮の奴らはどいつもこいつも腐ってやがる！

と、叫びながら前に出るジャン。また若い軍人を押す。

若い軍人　だから、押さないでくれ！
エレーヌ　ごめんなさい。ジャン、落ち着いて。

ラ・モット夫人、観客に向かって叫ぶ。

ラ・モット夫人　私は無実だ！　罠にはめられた！
シャルル　静かにしたまえ！

叫ぶ夫人を処刑台に無理矢理連れていくグロと助手達。

書記が罪名を読みあげる。

書記　ラ・モット・ヴァロワ伯爵夫人……。ロアン卿から首飾りをだまし取った罪で、鞭《むち》打ち12回の刑に処す。

が、ラ・モット夫人が暴れる。

ラ・モット夫人　悪いのはマリー＝アントワネットよ！　あいつも共犯よ。なぜ私だけがこんな目に！

と、押さえる助手の腕をかんで、振りほどくと、逃げようと処刑台を駆け降りる。追うグロ達。ラ・モット夫人を避けるように見物人も割れる。

シャルル　押さえつけろ。早く!!

ジャン達の近くに来るラ・モット夫人。

ラ・モット夫人　助けて、お願い!!

その剣幕にジャン達は怯《ひる》んで後ろに下がる。と、そばにいた若い軍人が、ラ・モット夫人を押さえつける。

若い軍人　おとなしくしろ！

そこに駆けつけるシャルルと助手達。

シャルル　（軍人に）ありがとう。
若い軍人　処刑人の仕事でしょう。しっかりして下さい。
シャルル　すまない。お前達、早く。

と、助手達が押さえ込む。
夫人を再び処刑台に連れていく。
シャルル、夫人を鞭《むち》で打つ。悲鳴をあげるラ・モット夫人。彼女の刑罰は12回の鞭打ちと「盗人（voleur《ヴォルール》）」の頭文字Vの焼きごてを押すことだ。シャルルはその職務を黙々と遂行する。見物人がその周りを取り囲み、徐々に処刑台の有り様《あさま》が見えなくなっていく。夫人は、悲鳴交じりにまだ叫んでいる。
と、その向こうに、ベルサイユ宮殿のマリー王妃とルイ16世の姿も浮かび上がる。
ラ・モット夫人が見た幻影か。その幻影に向かって毒づくラ・モット夫人。

ラ・モット夫人　なんで、なんで私だけ。マリー王妃にも鞭打ちなさい。王様も王妃も呪われろ!!

と、皮肉な表情で処刑を見ていた若い軍人が呟く。

若い軍人　無様《ぶざま》だな。

その言葉はジャンやトビアスの耳にも入る。
若い軍人の顔を見るジャンとトビアス。
若い軍人は、踵《きびす》を返して立ち去る。

エレーヌ　なんか気分悪い。
ジャン　帰ろう、トビアス。
トビアス　ああ、そうだな。サン＝ジュスト、君はどうする。
サン＝ジュスト　僕は最後まで見る。愚かな貴族の末路をしっかりとな。
ジャン　そうか。じゃあまた。

立ち去るジャン達三人。
処刑台では鞭打ちが終わり、夫人に焼きごてが当てられている。ラ・モット夫人の悲鳴があがる。
それを冷ややかに見ているサン＝ジュスト。
複雑な表情のシャルル。
やがて処刑台も闇に包まれる。

×　×　×　×

ヴェルサイユ、モントルイユ通り。帰ってくるジャンとエレーヌ。
そこに、ジャンの父親、マチュラン親方が立っている。
蹄鉄《ていてつ》職人である。

マチュラン　どこに行っていた、ジャン！
ジャン　とうさん。
マチュラン　しかもエレーヌを連れて。どういうことかわかってるのか！
ジャン　やましいことはしていない！
マチュラン　親に口答えするな！
　　ジャンを殴るマチュラン。
エレーヌ　待って、おじさん。私が悪いんです。勝手についていっただけで。

再びジャンを殴るマチュラン。

マチュラン　仕事をしろ仕事を。お前は蹄鉄職人だ。この俺の跡を継いで立派な仕事をしろ。
ジャン　決めつけないで、僕の人生だ。
マチュラン　だからお前は蹄鉄職人。お前の人生はそれだけだ。
ジャン　人間は平等だ。僕の人生は僕が決める。
マチュラン　平等。そんなものがあるか。人それぞれ、分《ぶん》ってもんがあるんだよ。
ジャン　でもね、とうさん。必死で育てた麦も全部税に取りたてられる農民がいる。食うや食わずの平民には重い税を課すくせに、貴族や教会は税金を払わない。そんな世の中、おかしいと思わない？
マチュラン　政治なんてものは国王陛下と貴族の旦那方にまかせときゃあいい。世の中ってのはそんなもんだ。
ジャン　でも。
マチュラン　やかましい！　大学になんか行かせるんじゃなかった！　もういい。だったらお前に用はない。今日限りうちを出ていけ。勘当だ！
ジャン　とうさん！
マチュラン　出ていけ！　二度とうちには近づくな！
ジャン　……わかった。

そう言うと駆け去るジャン。

エレーヌ　待って、ジャン！

と、追おうとするとエレーヌを止めるマチュラン。

マチュラン　お前も出ていくのか、エレーヌ。行き場のないお前を親戚のよしみで世話してやってる恩を忘れたか。

エレーヌ　……それは、（と、立ち止まる）

マチュラン　お前は飯の仕度だ。さあ、来い！

エレーヌ、ジャンのことが気になるが、仕方なくマチュランの後に続く。

×　×　×　×

パリ。酒場。賑わっている。

奥には処刑場でラ・モット夫人の処刑を見ていた若い軍人が友人達と酒を飲んでいる。

前のテーブルではジョゼフ・ギヨタンとシャルルが話している。

ギヨタン　わざわざすみません。ようやく突破口を見つけました。

シャルル　思いついたんですか。

ギヨタン　ええ、処刑人に負担をかけずに、貴族も平民も同じ斬首の刑にできる方法を。
シャルル　それは？
ギヨタン　機械を使うんです。
シャルル　機械？
ギヨタン　断頭台です。鉄の刃を上から落とすことで一瞬で首を切り落とす。
シャルル　かつてイングランドで、そういう器具が使われていたと聞いたことはありますが。
ギヨタン　そう。それらの先例を研究し、よりよい断頭台を開発する。それには実際に死刑を執行されてきたあなたの知見が必要なのです。
シャルル　……断頭台ですか。確かにそれならば、処刑人の腕にかかわらず、苦しませずに済む。処刑人の負担が軽減されます。
ギヨタン　そうですか、あなたにそう言ってもらえれば百人力だ。ご協力お願いします。
シャルル　……わかりました。考えてみましょう。
ギヨタン　ありがとう。

と、シャルルの手を握るギヨタン。
そこに若い軍人が声をかける。

若い軍人　お話し中、失礼。ご挨拶、よろしいですか。

シャルル、その軍人の顔に覚えがある。

シャルル　……君は、確か。
若い軍人　ええ、前に処刑場で。
ギヨタン　ずいぶんと若いが、君は軍学校の生徒かな。
若い軍人　軍人です。去年砲兵科試験に合格し、少尉となりました。
ギヨタン　これは失礼。
若い軍人　（シャルルに）ラ・モット夫人の処刑を拝見しました。しかし、あれは幻滅だった。
ギヨタン　礼儀をわきまえたまえ。

と、口を挟もうとするギヨタンを制して、

シャルル　幻滅？
若い軍人　かつて、名誉毀損の裁判で、堂々と軍人と処刑人は同等であると論じたのはあなたですよね。
シャルル　そうだが。
若い軍人　処刑人にもそれほど肝が据わった人間がいるのかと驚きました。軍人にも匹敵する死刑執行人。さすがはムッシュ・ド・パリだと。
シャルル　何が言いたい。

若い軍人　相手は罪人です。もっときつく縛るなり足かせをつけるなりすればよかった。なまじ情けなどかけるからあんな醜態をさらすのです。軍人は敵に情けはかけない。
シャルル　罪人は敵ではない。国家がその罪に応じて罰を与える。私はその代理人だ。
若い軍人　その国家とは何です？
シャルル　決まっている。国王ルイ16世のことだ。
若い軍人　ああ。（と、軽く鼻で笑う）
シャルル　おかしいかね。
若い軍人　いえ、ただ。……僕はコルシカ島の出身です。
シャルル　コルシカ？
若い軍人　コルシカは、イタリアからフランスに売られた。今はフランスの一部だが、コルシカはコルシカだ。コルシカの民こそがコルシカの国。それはコルシカの誇りですから。国王ばかりが国ではない。
ギヨタン　ずいぶんと勇ましい意見だね。
若い軍人　それでも、軍人は国を守るために戦う。処刑人などと同等ではない。全然違う。
シャルル　ほう。
若い軍人　今、断頭台なんて古めかしい話をしてましたね。軍人なら銃を使う。それでも足りないのなら大砲がある。その方が費用も手間もかからない。よっぽど国のためじゃないですか。
ギヨタン　そういうことじゃない。

若い軍人　そういうことですよ。国が人を殺すってことは。

そこに彼の仲間が声をかける。

仲間の軍人1　ほら、行くぞ。ブオナパルテ。
仲間の軍人2　こいつ酔っ払うとすぐつっかかるもんで。
若い軍人　酔っ払ってない。
シャルル　ブオナパルテ？
若い軍人　ラ・フェール連隊所属、ナポリオーネ・ブオナパルテ少尉です。では、失礼。

立ち去る若い軍人。彼の名はナポリオーネ・ブオナパルテ。のちのフランス皇帝ナポレオン・ボナパルドである。
この時17歳。一介の陸軍砲兵科の将校だった。

——暗　転——

【第四景】

１７８８年。
ヴェルサイユ。ジャンの家の前。
ジャンが様子を伺っている。と、エレーヌが出てくる。
荷物を持っている。

エレーヌ　ジャン。
ジャン　エレーヌ。

と、二人抱き合う。

ジャン　よく来てくれた。
エレーヌ　でも、おじさんは私達の結婚を反対してる。
ジャン　かまうのものか。家を出てパリに行こう。そこで君を幸せにしてみせる。

と、そこにマチュランが立ちはだかる。手に仕事用のハンマーを持っている。

マチュラン　ジャン！
ジャン　……とうさん。
マチュラン　二度とうちには近づくな。そう言ったのを忘れたか。おまけにエレーヌまで。お前が結婚など百年早い！

と、ハンマーを振るってジャンに襲いかかるマチュラン。

ジャン　よせ！　やめろ！　とうさん！

そのハンマーを必死でかわすジャン。
ハンマーを振るうマチュランの腕を押さえるジャン。

ジャン　落ち着いて、とうさん！
マチュラン　貴様という奴は！　この！

と、振りほどき、ますますハンマーを振り回すマチュラン。組みつくジャン。マチュランと格闘する。激しく突き飛ばすジャン。マチュラン、態勢を崩し、後頭部を地面に激しく打ちつける。

マチュラン　ぐ！

動かなくなるマチュラン。

ジャン　え……。
エレーヌ　……おじさん。（と倒れているマチュランの様子を見る。顔色が変わる）おじさん‼

その様子にジャンも駆け寄る。

ジャン　とうさん、大丈夫か、とうさん！

が、打ち所が悪くてマチュランは絶命している。愕然としているエレーヌ。

エレーヌ　……死んでる。
ジャン　……とうさん。

呆然と立ちすくむジャン。
と、辺りは暗くなり、ジャンのみに光が当たる。数人の役人が現れ、マチュランの遺骸を担いで去る。
と、高等法院の裁判長の声がする。

裁判長　被告ジャン＝ルイ・ルシャールを父親殺しの罪で車裂きの刑とする。
ジャン　……はい。

彼を闇が包む。
入れ替わりにエレーヌとトビアス、サン＝ジュストが現れる。サン＝ジュストの周りには若者達もいる。

サン＝ジュスト　ジャンが逮捕されたって？
エレーヌ　あれは事故だったのに。ひどい。
トビアス　ああ、ひどい。でもその理不尽が通る世の中なんだ。
サン＝ジュスト　上の連中の考え方はおんなじだ。親を殺すなんて言語道断。子どもが逆らうのがいけない。国王が絶対で、国民はおとなしく従えばいい。ふざけるな！
トビアス　そもそも父親がジャンから恋人を取り上げようとしたんだろう。その方が許せない。
エレーヌ　ありがとう。
トビアス　しかも、ジャンはひと言も弁解しない。全部自分の罪だって受け入れてるんだ。

「おおー」と感じ入る若者達。

サン＝ジュスト　諸君、このままジャンを死刑にしていいのか！

若者1　いいわけないだろう！

若者2　なんでも父親は革命思想を憎んでいたっていうじゃないか。これはもう政治的事件だ。

サン＝ジュスト　今こそ立ち上がる時だ。ジャンの処刑は8月3日だ。みんなで集まろう。俺達の手で止めて見せよう！

エレーヌ　そんなことができるの⁉

サン＝ジュスト　俺達にまかせてくれ。やるぞ、トビアス。

トビアス　ああ。やろうぜ、みんな！

一同、歓声をあげる。

闇が彼らを包む。

一条の光。そこにシャルルとギヨタンが浮かび上がる。

ギヨタン　車裂きの刑ですか。

シャルル　ええ。見せしめのために死ぬまで放置して、そのあと遺骸を火あぶりにします。何度やっても後味は悪い。

ギヨタン　聞いた話ですが、市民達の間に不穏な動きもあるようです。気をつけた方がいい。

ギヨタンは消え、グロが縛られたジャンを連れてくる。

まだ周りは暗闇。

ジャン　なぜ、僕の手を切り落とさないのです。

シャルル　え。

ジャン　親殺しの刑は、死刑の前にまず手首を切り落とすと聞いています。親を殺したこの手をまず斬り落とすと。さあ、この手を落として下さい。

シャルル　その必要はない。

ジャン　でも。

シャルル　この5月には国王の命ですべての拷問も禁止された。ルイ16世の世になって、少しずつ変わってきてるんだよ。

ジャン　……。

シャルル　さ、行こうか。

グロ　はい。お前達。

と、他の助手も呼ぶ。ジャンを連れて処刑台に向かう。

周りが明るくなる。中央に処刑台が見える。

その周りに人だかり。トビアスやエレーヌ、ジャンの友人の若者達が囲んでいる。
役人達が木の柵を持って処刑台の周りを取り囲み、彼らの侵入を抑えている。
若者達、ジャンの姿を見つけると声をあげる。

サン＝ジュスト　ジャンは無実だ！　ジャンを解放しろ！

若者1　そうだ。そうだ！

トビアス　悪いのは自分勝手な父親だ！　ジャンに罪はない！

などと口々に叫ぶ。

エレーヌ　ジャン！　ジャーーン!!

必死に手を振るエレーヌ。彼女に気づき一瞬立ち止まるジャン。

ジャン　……エレーヌ。

エレーヌ　ジャン。

と、ジャンのもとに近づこうとする。

ジャン　（シャルルに）行きましょう。
シャルル　少しなら待てるぞ。
ジャン　いいえ。刑を受けるなら堂々と受けます。

急ぎ、処刑台に上がるジャン、シャルル、グロ。
役人が押さえている木の柵を押して、近寄ろうとするトビアス達を制するジャン。

ジャン　待ってくれ、みんな。落ち着いてくれ。僕は罪人だ。父親を殺したのは事実だ。だから僕は罰を受ける。腐った貴族のような醜態はさらさない。この処刑台の上で堂々と車裂きの刑を受ける。それが僕の、市民の誇りだ。

車輪の上に寝転がるジャン。

ジャン　さ、早く縄を。

と、自分を車輪に縛りつけるようグロ達にうながすジャン。グロ、ジャンを車輪に縛りつけ始める。
しかし、若者達群衆の騒ぎはおさまらない。

トビアス　ジャンを救え！
サン＝ジュスト　強行突破だ！　行くぞ、みんな!!

と、サン＝ジュスト先導の下、若者達は木の柵を押し倒すと処刑台に向かう。
人々の様子を見ているシャルル。

シャルル　（呟く）……こんなことが……。
グロ　旦那様、離れましょう。奴ら、何をするかわからない。
シャルル　（グロ達に）お前達は行け。いいから逃げろ。

と、グロと助手を逃がすシャルル。
シャルル、短刀を取り出す。一瞬緊張するジャン。シャルル、ジャンの縄を切る。

ジャン　これは……、なぜ？
シャルル　気にするな。

処刑台に上がってくるトビアス。今のシャルル達のやりとりは聞こえていた。

トビアス　ジャン。さあ、逃げるぞ。

ジャン　嫌だ。
トビアス　なぜ⁉
ジャン　僕は罪人だ。僕はここを動かない。
シャルル　行きなさい。
トビアス　……あんた。（と、意外そうにシャルルを見る）

そこにエレーヌが来て、ジャンに抱きつく。

エレーヌ　ジャン、逃げて。お願い。
ジャン　エレーヌ。

と、彼女を抱きしめる。サン＝ジュスト率いる若者達が押し寄せる。

サン＝ジュスト　ジャンは解放した。我々の勝利だ！
若者達　おう！
サン＝ジュスト　（シャルルを指して）国王の犬の処刑人だ！　こいつがジャンを殺そうとした‼　みんな、どうしたらいい⁉
若者1　殺せ殺せ！
若者2　処刑人は殺せ‼

と、シャルルに襲いかかる若者達。

ジャン　やめろ！

と、シャルルと若者達の間に割って入るジャン。

ジャン　やめてくれ、みんな！　その人に手を出すな!!
トビアス　落ち着け！　落ち着け、みんな！

と、シャルルに摑みかかっている若者達を引き剝がすトビアス。

サン＝ジュスト　トビアス、邪魔するな。
トビアス　いいから落ち着け。
ジャン　その人は自分の仕事をしようとしただけだ。それに僕を助けてくれた。
サン＝ジュスト　助けた？　その男が？
エレーヌ　私達はジャンを助けたかっただけ。そうでしょ。これ以上、人の血が流れるのは嫌。
シャルル　君達……。
トビアス　俺達が憎んでるのは処刑人じゃない。古くさい法律だ。古くさい常識だ。その象徴が、この忌まわしい地獄の車輪だ！

と、車輪を蹴る。群衆達の気持ちが道具に向かう。

トビアス　みんな、道をあけろ。ムッシュ・ド・パリが引き上げる。さあ、早く！

と、トビアスの勢いに押されて群衆が道をあける。

ジャン　（シャルルに）行って下さい。

シャルル　ああ。

シャルルが群衆の間を通る。不満げに彼を見る者もいる。

若者1　いいのか、サン＝ジュスト！

サン＝ジュストが答えるよりも先にジャン達が言う。

ジャン　手を出すな！

トビアス　彼は公平な処刑人だ！

ジャンとトビアスの勢いに負けてサン＝ジュストは言う。

サン＝ジュスト　よし、みんな、このいまいましい処刑台を破壊するぞ！

若者達の気持ちは処刑台破壊に向かう。その間にシャルルは処刑台から立ち去る。処刑台を破壊し始める群衆。
シャルル、その光景を遠くから見つめる。と、グロがやってくる。

グロ　ご無事でよかった、旦那様。

シャルル　……以前は残酷な刑であればあるほど喜んで見ていた民衆が、今は公正な裁きを求めて罪人を助ける。彼らは変化している。ああ。世の中は動いている……。

一人うなずくシャルル。

——暗　転——

【第五景】

１７８９年４月19日。
パリの町。

市民　パンはどこ、どこにあるの。
市民　小麦を、小麦をちょうだい。
市民　どこに行けばパンがあるの。
市民　こんなんじゃ生きていけない。
市民　子どものためにパンをちょうだい。
市民　小麦の値段が高すぎる。

あちこちに飢えた人がいる。浮浪者もいる。パンを奪い合う者もいる。

市民　国王は何を見ている……。
市民　貴族だけが贅沢な暮らしを……。
市民　こんな重い税金払えるか。

市民　マリー王妃のわがままが……。
市民　私達を苦しめる。
市民　貴族が我々を裏切った。
市民　奴らの贅沢のための税金じゃない。
市民　マリー王妃はオーストリアの回し者だ。
市民　フランスを愛してなどいない。
市民　そうだそうだ！

その人々の中を、進むシャルルとグロ。
顔をフードで隠し、外套を着た一人の女性が後を追う。
デュ・バリー夫人である。シャルルに声をかける。

夫人　シャルル！

と、フードを脱ぐデュ・バリー夫人。その顔を見て驚くシャルル。

シャルル　……君は。
夫人　久しぶりね、シャルル。お父様と一緒に会ったのが最後だったわね。あの時のお父様の目、忘れられない。

シャルル　君が本当に国王の公妾《こうしょう》になったと知った時はさすがに驚いていたよ。
夫人　お父様のご葬儀に伺えずごめんなさい。私もいろいろあったもので。
シャルル　噂はいろいろと聞いている。
夫人　男の噂？（と、軽く笑う）ほとんど真実だけど。
シャルル　……。
夫人　私、近々、イギリスに行こうと思う。
シャルル　イギリス？
夫人　ええ、フランスはもうだめよ。今の陛下に国民を抑える力はない。国庫は破綻してるし。それに、あのマリー王妃。彼女はだめね。政治のこともフランスのことも何もわかってない。
シャルル　そんなことはない。
夫人　そう？
シャルル　国王陛下はしっかりしたお方だ。下々の声を聞き、この国をよくしようと考えてくれている。私の経済的窮状を知って近々会う約束をして下さった。
夫人　……一緒に行くのもいいかなと思ったんだけど。
シャルル　え。
夫人　若い時の恋が無性に懐かしくなる時があるの。
グロ　（介入するように）旦那様。
シャルル　私はパリの処刑人だ。ここでやるべき仕事がある。

夫人　そう……。じゃあ、もう二度と会うこともないわね。さよなら、ムッシュ・ド・パリ。

と、夫人は出ていく。見送るシャルル、物思う。
グロがシャルルの外套をぬがせて去る。

×　×　×　×

いつの間にかそこはヴェルサイユ宮殿の広間になる。貴族達が香気に通りすぎていく。
シャルルに気づいた貴族1が顔をしかめ、彼から距離をとる。
待っていた廷臣1がシャルルを案内する。
通されたのは、王の鍵作りの作業場。
ルイ16世は机について、鍵をやすりで削っている。

廷臣1　陛下、お約束の方が参りました。

鍵作りに熱中しているルイ16世を見て、思わず呟くシャルル。

シャルル　……鍵？

廷臣1が黙るように咳払いする。シャルル、居住まいを正す。

ルイ16世　すまないね。もうちょっとなんだ。このまま話すことを許してくれたまえ。

と手を止めずに言うルイ。

シャルル　どうぞお続けになって下さい、陛下。私の用件は終わった後で結構です。

作業しながら用件に入るルイ。

ルイ16世　国からの俸給が支払われていないのだったね。
シャルル　はい。この二年間、まったく。
ルイ16世　それは由々しき問題だ。（と、鍵を削り終わる）よし、できた。ちょっと試させてもらうよ。

鍵を削り終わるルイ。そばにあったフランス人形を取る。
腹の部分に鍵穴があり、そこに鍵を入れて回す。と、音楽が鳴りだす。

シャルル　オルゴールですか。
ルイ16世　后が喜ぶと思ってね。

シャルル　陛下がお作りに。
ルイ16世　ああ、オルゴールの仕掛けはね。機械を作るのは面白いよ。細かい作業は向いてるんだろうな。

と、オルゴールが突然止まり、人形は壊れ、首が飛んでしまう。

ルイ16世　……また失敗か。なかなかうまくいかなくてね。

首を拾うシャルル。それを見て困った顔をするルイ。

ルイ16世　君にそんな真似をさせるなんて悪趣味だったね。申し訳ない。
シャルル　いいえ。そんな。とんでもない。

控えていた廷臣1がシャルルから人形の首を受け取ろうとする。だが、ルイはシャルルから直接に首を受け取る。その行為もシャルルには嬉しい。

ルイ16世　(人形の首の様子を確認しながら)だが、機械なら理由がわかる。そこを直せば改善できる。やりがいがある。
シャルル　陛下、かねてよりお礼を言いたいことがございました。

ルイ16世　ほう。
シャルル　罪人に対して拷問廃止の王令を発布されたこと、ありがとうございます。
ルイ16世　ああ。
シャルル　さらに、昨年、父親殺しの罪で死刑判決が下ったジャン＝ルイ・ルシャールの処刑が暴動により阻止された件で、被告の罪を問わなかったことも。
ルイ16世　そんなこともあったね。市民達の不満が高まっていることはわかっている。あれ以上刺激することはない。
シャルル　仰る通りです。
ルイ16世　あの時、君は君の責任を果たしたとも思っているよ。
シャルル　ありがとうございます。
ルイ16世　未払い分の金額は、確か13万6000リーブルだったね。
シャルル　はい。
ルイ16世　勘定を確かめ、支払いが遅滞なく行われるよう命じておいた。
シャルル　ありがとうございます。
ルイ16世　ただ、命じたはいいが……、国の金庫は今のところほとんどからっぽだ。その金額となると、多少時間がかかるかもしれない……。
シャルル　国王の多大なる温情に感謝いたします。しかしながら、少し当方の事情を説明することをお許し願えますか。
ルイ16世　もちろん。

うなずくルイ。

シャルル　俸給がない今、私の借金の額は膨れあがっております。債権者達はもはや辛抱しきれず、すぐにでも私の行動の自由が脅かされかねません。このままでは、刑の執行にも支障を来《きた》す恐れがあります。

ルイ16世　……なるほど。では、貴君の行動の自由を保証する命令書を出しましょう。通行免状を発行するよう伝えてくれたまえ。

廷臣1　は。

廷臣1、伝えに行く。

シャルル　重ね重ねのご厚情、感謝の念に堪えません。

ルイ16世　……君の仕事の方はどうかね。

シャルル　は。

ルイ16世　サンソン家が、法を遵守し王の威信を守るために、責務を全うしていることは私も知っている。ムッシュ・ド・パリとして、より職務を遂行するために何か提案があれば聞かせてほしい。

シャルル　……。（迷っている）

ルイ16世　何かあれば忌憚《きたん》なく言ってくれたまえ。さあ。

シャルル　私は、死刑制度を見直すべきなのではないかと思っています。できれば廃止に。

ルイ16世　廃止。

シャルル　とはいえ、それはなかなか難しいでしょう。ですので、せめて貴族だけでなく市民も全員斬首刑にして、少しでも苦しみをやわらげたいと考えています。市民もそれを望んでいます。

ルイ16世　そうなのか。

シャルル　はい。もちろん、剣による斬首では数に限界がある。ですので、機械を用いたいと考えております。

ルイ16世　機械。

シャルル　はい。機械仕掛けの断頭台です。

ルイ16世　どういう仕組みかな。

シャルル　罪人の首の上方に重い刃を設置します。この刃を落下させて刑を執行する仕掛けがよいかと。

ルイ16世　なるほど。すると刃の重さと高さが問題になるね。高さと重さで落下速度を調整しなければならない。

シャルル、ルイの反応に驚いている。

ルイ16世　ああ。子どもの頃から数学や物理が好きでね。

と、廷臣1が書類を持って戻ってくる。

ルイ16世　(受け取り) シャルル＝アンリ・サンソンだったね。
シャルル　あ、はい。(名乗っていないのに、自分の正確な名前を言われて驚く)

書類にシャルルの名前を記入し、サインをするルイ。

ルイ16世　これを。

書類を差し出すルイ。押し頂くシャルル。

ルイ16世　三ヶ月間、行動の自由を保証した通行免状だ。
シャルル　ありがとうございます。
ルイ16世　処刑人がいなくなれば、大変なことになるからね。これからもパリの罪人の処罰をよろしく頼む。
シャルル　(感激している) この身に代えまして。
ルイ16世　断頭台の件も研究を続けてくれたまえ。

シャルル　はい。喜んで。

と、書類を持ち、立ち去るシャルル。

ルイ、再びフランス人形オルゴールの制作に取りかかる。

周りは暗くなり黙々と作業するルイだけが浮かび上がる。そこだけは時間が止まったようだ。

町の片隅。シャルルとギヨタンが立ち話をしている。

シャルルは興奮気味。

シャルル　教授。国王は立派な方だ。私の名前を覚えていたんです。スペルも間違えずに書類に私の名前を。会った時に用件もすべて頭に入っていた。
ギヨタン　では借金はなんとか。
シャルル　ええ。三ヶ月間の自由を認める免状です。
ギヨタン　その間、借金取りは。
シャルル　ええ、手は出せません。その間に俸給も払ってくれるでしょう。借金も返せます。
ギヨタン　それはよかった。
シャルル　陛下は、処刑人という職務をきちんと認めてくれている。パリに必要な人間だとわかってくれている。よろしく頼むと言われました。
ギヨタン　そうですか。で、断頭台の話は。

シャルル　もちろんしましたよ。即座に、設置する刃の重さと高さが問題だねと原理を理解してくれた。
ギヨタン　そうなんですか。
シャルル　国王は聡明な方です。研究を続けてほしいとお言葉をいただきました。
ギヨタン　それは心強い。
シャルル　市民の気持ちも理解してくれている。
ギヨタン　よし。これで議員の連中にも大手を振って話ができる。
シャルル　そうか。三部会でしたね。教授も第三身分の代表の議員になられたとか。
ギヨタン　ようやく我々第三身分の平民が意見を言える日が来た。頑張りますよ。身分に関係なく、真に平等な刑の執行を目指して。
シャルル　期待しています。

意気揚々と去るギヨタン。

以降、ヴェルサイユ宮殿のルイと、市街の様子が同時進行で表現される。シャルルは舞台の片隅でその様子をながめている。

黙々と作業するルイ。

作業するルイのもとにマリー王妃がやってくる。フランス人形を見せるルイ。マリーはあまり喜んだ風ではない。

彼に話しかけるマリー。

マリー　いいのですか、第三身分を好きにさせて。議員の数をどんどん増やして、このままでは議会が乗っ取られかねない。

ルイ16世　しかし平民の声に耳を傾けることも必要だよ。

マリー　彼らの要求はあまりにも身勝手です。王家に対する敬意もない。このままでは私達の暮らしまでも脅かされます。

ルイ16世　それは……。

マリーの言うことも一理あるかと口ごもるルイ。

マリー　国王として、ここはご決断を。

ルイ16世　わかった。三部会は解散させよう。

手を止めずに言うルイ。

ルイとマリーを不安げに見やるシャルル。

×　×　×　×

第三身分の議員達が集まっている。三部会の議場であるムニュ・プレジール館だ。大広間の扉が閉まり、議会から閉め出されている。6月20日のことだ。ギヨタンもいる。

議員1　議会の扉が閉まっているぞ！
議員2　貴族の奴ら、我々を閉め出すつもりだ。
ギヨタン　まさか。平民代表の我々をのぞいて議会を開くということか。
議員1　裏切り行為だ！　国王は三部会を解散させる気だぞ！
議員2　国王と貴族の専横を許すな！
ギヨタン　我々は断じて屈することはない。我々は会議をやめない。我々のいる所が、すなわち議会だ！

一同、「おう」とうなずく。
と、いつの間にか議員達の他に市民達も集まってくる。

市民　我々は市民軍だ。軍隊の横暴を許すな！
市民　目指すはバスチーユだ！　あそこには弾薬がある！
議員1　バスチーユ監獄を解放するぞ！

武装した市民達が行進する。いつの間にか7月14日になっている。

市民　武器を取れー！
市民達　おー！

市民　行くぞー！
市民達　おー！

ルイとマリーのもとに廷臣1が駆け込んでくる。

廷臣1　陛下！　バスチーユ監獄が市民達に破られました！
ルイ16世　それは暴動か。
廷臣1　いいえ、革命です。

ハッとするルイとマリー。
と、市民達がヴェルサイユに迫ってくる。

市民達（男性）　国王をパリへ！　国王をパリへ！
市民達（女性）　市民にパンを！　市民にパンを！

10月のヴェルサイユ行進に時は加速していく。
押し寄せる人々に不安げなマリー。

マリー　こんなことが。信じられない。

ルイ16世　落ち着いて、マリー。私は国王だ。きっと話し合えばわかってくれる。

人々の波に呑まれていくルイとマリー。
市民の行進はやがて議員達と合流し、大きなうねりとなる。ギヨタン、ロベスピエール、サン＝ジュストの姿も見える。ジャン、トラビス、エレーヌも加わる。
ルイとマリーも衝撃を受けている、なす術もなく呆然としている貴族達。
市民達によってトリコロールの旗が持ち上げられ、大きく振られる。
その一部始終を、遠くからながめているしかできないシャルル。

シャルル　……パリは、フランスは、どうなるというんだ。

一人呆然とするシャルル。

――第一幕・幕――

—第二幕— Bois de Justice

【第六景】

1791年6月。パリ。

フランス革命後の国民議会の議場の様子が人々の動きによって表される。ジロンド派と山岳派が左右、上下に分かれて議論している。その様子は、戦々恐々として、人々が法律を定める文面などを振りかざして議論している。

ロベスピエール、サン＝ジュストの姿も見える。

×　×　×　×

ある酒場。

シャルルがいる。ギヨタンが入ってくる。

シャルル　いかがですか、議会の方は。

ギヨタン　自分達で国を運営していくわけですからな。責任は重大です。「人間は生まれながらにして自由かつ平等である」。

シャルル　人権宣言、ですか。

ギヨタン　ええ。革命の火を消しちゃいけません。

シャルル　自由かつ平等……。私達、処刑人もでしょうか。

ギヨタン　もちろんですよ、サンソンさん。でなければなんのための革命ですか。
シャルル　期待しています。でも陛下は、ルイ16世はどうなります？　先日、移動の途中で暴徒に囲まれたとも聞きましたが。
ギヨタン　マリー王妃の故郷はオーストリア。オーストリア皇帝は実の兄ですからね。オーストリアに逃亡を企てているのではないかと疑っている人間もいます。
シャルル　なんとかうまく落ち着かないものでしょうか。王制は残して議会でコントロールする、立憲君主制ですか。あんな形で。
ギヨタン　……ルイ16世はまだ国民から好かれています。大丈夫。きっとなんとかなるでしょう。
シャルル　ですよね。

本題に入るギヨタン。

ギヨタン　ああ、そうそう。議会で、死刑囚はすべて斬首とすることが決定しました。
シャルル　いよいよですか。
ギヨタン　議会の承認も得ています。断頭台の製作に本格的に取り組まなければならない。
シャルル　ですね。職人は見つかりましたか。
ギヨタン　ええ。紹介してもいいですか。
シャルル　是非。

トビアスとジャンが現れる。

ギヨタン　トビアス・シュミット君とジャン＝ルイ・ルシャール君だ。サンソンさんは以前会ったことがあるよね。

ジャンを見て驚くシャルル。

シャルル　君達は……。
ジャン　はい。おかげでこうやって生きてます。
トビアス　あの時はお騒がせしました。
ジャン　本当にありがとうございました。
シャルル　こちらこそだ。君達のおかげで命拾いした。

と、ジャンの手を握るシャルル。

ギヨタン　シュミット君とは以前からの知り合いでね。彼はチェンバロを作る職人だが、発明家でもあってね。今回、断頭台製造の相談をしたら俄然やる気になってくれた。
トビアス　市民も貴族も平等の刑にする。いい話じゃないですか。（と、ジャンを示す）こいつを誘ったのは俺です。ジャンは腕のいい蹄鉄職人で、鉄を鍛えることには長《た》けている。断頭台の刃《やいば》作りをまかせられます。

シャルル　君が？

ジャン　いいのか。

シャルル　死刑を免れた時から、僕に何ができるのか考えてました。

ジャン　サンソンさん、処刑台であなたは公正に振る舞ってくれた。あの時のことは忘れられない。手伝わせて下さい。

ギヨタン　彼らに協力してもらうということでいいかな。

シャルル　もちろんです。得がたい仲間ですよ。

ギヨタン　ほら。この面子ならいいチームになると思ったんだ。乾杯しよう、乾杯。

と、そこに入ってくる一群。国民議会の議員達だ。

議会の後、この酒場に流れてきたのだ。まだ議会での興奮が冷めぬ雰囲気でそれぞれ議論をしている。その中心にいるのがマクシミリアン・ロベスピエール。その隣にはサン＝ジュストもいる。

ロベスピエールに気づくギヨタン。

ギヨタン　ロベスピエール。ロベスピエールじゃないか。

ロベスピエール　これは、ギヨタン教授。

ギヨタン　ちょうどいい。君に紹介したい人間がいる。シャルル＝アンリ・サンソンさんだ。
ロベスピエール　サンソン？　ムッシュ・ド・パリの？
シャルル　パリの処刑人を拝命しています。
ロベスピエール　マクシミリアン・ロベスピエール。国民議会の議員です。

と、二人、握手をする。
ジャンとトビアスとサン＝ジュスト、互いに気づく。

トビアス　サン＝ジュスト……。
サン＝ジュスト　しばらくだったな。

若者達は、シャルルとロベスピエールが会話しているので、それに遠慮してそちらの話を聞く。

ギヨタン　サンソンさん、彼ですよ。議会で死刑廃止の提案をしたのは。
シャルル　ああ、あなたが。
ロベスピエール　残念ながら否決されましたが。
シャルル　死刑廃止なら賛成です。
ロベスピエール　ほう。

シャルル　時代は変わっています。人が人を裁いてその命をとることの罪深さを改めて考えるようになりました。罰するなら禁固刑でいいのではないか。だから、あなたの提案を聞いた時には、承認されることを望んでいました。

ロベスピエール　あなたが、ですか。

シャルル　先祖代々この仕事を生業《なりわい》にしてきたとはいえ、やはり澱《おり》は溜まるのです、この胸に。

ロベスピエール　……そうですか。まさか、処刑人のあなたが死刑廃止に賛同してくれるとは思わなかった。結局、死刑廃止とはならなかったが、人道的な処刑方法が検討されることになった。断頭台製作、よろしくお願いします。

シャルル　はい。

ギヨタン　さあ、酒でも……。

シャルル達の話がひと区切りついたので、ジャン達が言葉をかわす。

トビアス　そうか。議員になったんだったな。

サン＝ジュスト　ああ。ロベスピエールさんと一緒に、この国を新しいものにする。君達は？

ジャン　断頭台製作の手伝いだ。

サン＝ジュスト　なるほど。一度は殺そうとした者と殺されようとした者が手を組む。それも革命の成果だな。

ジャン　それは……。

トビアス　相変わらずだなあ、その言い方。（苦笑する）

サン＝ジュスト　何が？　僕は事実を言ったまでだ。

サン＝ジュストの直截な物言いに座が気まずくなる。ギヨタンが話題を変える。

ギヨタン　国王の様子は何か耳にしているかい。海外逃亡の噂が絶えないが。

ロベスピエール　今はチュイルリー宮殿でおとなしくしているはずだ。一つ言えるのは、彼がこの国を見捨てようとすれば、この国は彼をただでは済まさないということだ。

シャルル　陛下は聡明なお方です。言葉を尽くせばきっとご自身の状況もわかってくれるはず。

ロベスピエール　国王と市民が手を取り合って新しいフランスを作る。私はそれを望んでいます。だったら、彼がこれ以上軽率な行動をとらないことを祈ることですな。彼の運命を決めるのは彼自身の態度だ。

サン＝ジュスト　国王は何度も我々を失望させた。今度裏切れば我々議会は断固とした処置をとります。

シャルル　断固とした処置？

ロベスピエール　サン＝ジュストくん。（と、彼を諫《いさ》める）では、失礼。

トビアス　（サン＝ジュストに）じゃあな。しっかり頼むぞ。

サン＝ジュスト　当然だ。

と、一緒に来た議員達のテーブルに行くロベスピエールとサン＝ジュスト。

シャルル　彼は？
ギヨタン　ルイ＝アントワーヌ・レオン・ド・サン＝ジュスト。若いがロベスピエールの右腕と呼ばれてます。
シャルル　（ジャン達に）友人かい？
ジャン　ええ。
トビアス　処刑場にジャンを救いに行った時、一緒にいました。
シャルル　ああ、そういえば……。彼らは陛下をどうするつもりだろう。
トビアス　それは国王次第なんじゃないですか。ロベスピエールさんの言う通り。
ジャン　この国の動き、市民の気持ち、本当にわかってるんですかね。
シャルル　君の逃亡罪を許したのは陛下だよ。市民の感情を考えて君を許したんだ。
ジャン　そうなんですか。
シャルル　ああ。今、君がそこにいられるのは国王のおかげなんだ。私はそれを感謝する。
ジャン　意外だな……。
シャルル　どんな形であれ、国王がいてこその国家だ。私は今でもそう思っている。
トビアス　でも、実際の舵取りはもう議会に移っています。この国はどこへ向かうのか……。
ギヨタン　初めて舵を取る者達が必死でやってるんだ。我々も我々がやるべきことをやろう。

語る四人。彼らを闇が包む。

× × × ×

その夜更け。

闇に紛れ、チュイルリー宮殿をそっと抜け出すルイ16世とマリー＝アントワネット。

× × × ×

翌朝。闇の中に響き渡る砲声三発。

シャルルの姿が浮かび上がる。

シャルル　なんだ、あの砲声は。

と、グロがやってくる。

グロ　旦那様！　陛下が王宮を逃げ出しました。あれはその知らせです。パリは厳戒態勢が敷かれました。国外逃亡かと……。

シャルル　陛下。はやまったことを……。

愕然とするシャルル。闇に消える。

× × × ×

ヴァレンヌ。ルイとマリー、革命派の市民に囲まれ捕らえられる。

パリ。ギヨタンとロベスピエール、サン＝ジュストが現れる。

×　×　×　×

ギヨタン　国王が捕らえられたって？

ロベスピエール　ああ。国境近くの町、ヴァレンヌで見つかった。

ギヨタン　ヴァレンヌか。

サン＝ジュスト　国王は国民の信頼を裏切った。やっぱりフランスに王制は必要ありません。いや、王制そのものが罪です。

ギヨタン　……極端だな。

ロベスピエール　だが、その意見に同調する者は増えるだろうな。

ギヨタン　……国王はどうなる。

ロベスピエール　宮殿に連れ戻す。今のところはな。彼の処遇はそのあと決まることだろう。

立ち去るロベスピエールとサン＝ジュスト。佇むギヨタン。

――暗　転――

【第七景】

1792年、3月。
チュイルリー宮殿の一室。
シャルルが入ってくる。続いてトビアス、ジャンがおずおずと入ってくる。

シャルル　シュミット君、図面と予算表は。
トビアス　ここに。（と、書類を見せる）
シャルル　今日は断頭台の図面と予算見積もりの検討会だ。メインは君達なんだ。堂々としていいんだよ。
ジャン　……でも。
シャルル　宮殿とはいえ、ここはパリだ。ヴェルサイユ宮殿よりはずっとましだよ。
ジャン　違いますか？
シャルル　ああ、あそこの空気は淀んでいた。陛下も、あの閉ざされた場所で過ごさずに、もっと早くパリに来て、市民達の空気を感じていてくれたら、こんなことにはならなかった……。
トビアス　サンソンさんの国王びいきも変わらないですね。でも、気をつけた方がいい。ヴァ

シャルル　レンヌ事件以降、ルイ16世の人気は地に落ちた。国を捨てたと国王への怒りが増していますね。うかつに口に出すと、反王党派から何をされるかわからないですよ。

トビアス　私を誰かが処刑すると？　それならその誰かに喜んで私の座を譲るよ。（と、軽く笑う）

確かに。（と苦笑する）

そこにアントワーヌ・ルイ博士が入ってくる。

ルイ博士　みなさん、おそろいですか。

ギヨタン　（一同に紹介する）アントワーヌ・ルイ博士だ。ここは博士の執務室なんだよ。（ルイ博士に）ムッシュ・ド・パリはご存じですね。今回断頭台製作をやってくれるシュミット君とルシャール君です。

トビアス　よろしくお願いします。

ジャン　最善を尽くします。

ルイ博士　よろしく。では図面と見積もり表を見せてもらおうか。

テーブルの上に図面と見積書を広げるトビアスとジャン。

トビアス　予算ですが、機械設置及び処刑台用の木材、鋼鉄製の断頭刃《だんとうじん》……。

ルイ博士　断頭刃？
トビアス　首を斬る刃《やいば》です。このジャンが特注の鋼を鍛えて作ります。
ルイ博士　なるほど。
トビアス　それに滑車、ロープ、及び断頭台設置と作動実験の人件費。あわせて1100リーブルです。
ルイ博士　1100リーブル⁉　もう少しなんとかならんかね。
ギヨタン　ルイ博士。以前の別の大工の見積もりに比べれば破格かと。
ルイ博士　しかし予算というものがあって。
シャルル　粗悪な物を作って失敗した時、困るのは現場です。安かろう悪かろうでは困ります。
ルイ博士　……なんとか1000リーブル以内で収めてくれんか。
トビアス　わかりました。努力します。
ルイ博士　頼むよ。

その時、一人の人物が姿を見せる。ルイ16世だ。
気づくシャルル。

シャルル　……国王。

それに気づいて慌てて居住まいを正すルイ博士。

他の面々も驚く。

ルイ16世　久しぶりだね、シャルル。もう何年になるかな。

シャルル　あれは1789年の春でしたので丸三年になるかと。

ルイ16世　そうだった。革命がはじまる少し前だった。わずか三年でフランスも変わったものだ。私自身もね。今では実権のない身だが。

さすがに動揺しているトビアスとジャン。

ルイ16世　私も図面を拝見していいかな。

シャルルがルイに図面を差し出す。
丁寧に図面を見るルイ16世。訝しげな表情になる。

ルイ16世　この鉄の刃は半円形なのか……。

ルイ博士　何か差し障りが？

ルイ16世　このカーブを描いた刃がすべての首に当てはまるのだろうか。ただ傷つけるだけで終わったり、あるいは挟み込めない首がある可能性はないのかな。

ハッとするシャルル、トビアス、ジャン。

シャルル　仰る通りです。その危険性はあり得ます。

ルイ16世　弾頭刃の刃《は》を斜めにしたらどうかな。

ギヨタン　斜めに？

ルイ16世、置いてあったベルを振る。

と、召使いが布をかぶせた何かをもって現れる。テーブルの上に置いて布を取ると、それは断頭台の模型とフランス人形。召使いは去る。

シャルル　これは……。

ルイ16世　ここではかごの鳥だからね。他にやることもない。手すさびに作ってみた。

シャルル　陛下自ら。

ギヨタン　確かに、刃は斜めですな。

フランス人形を断頭台にセッティングするルイ16世。

ルイ16世　さて、うまくいくといいが。

と、刃を落とす。フランス人形の首が落ちる。

ルイ16世　うん。（と、うなずく）

シャルル、転がったフランス人形の首を拾う。

ルイ16世　（それを見て）今度は失敗ではない。

シャルル　ええ。

初めて会った時、フランス人形オルゴールが壊れて首が飛んだことを思い出している二人。

ルイ16世、人形の首を受け取ろうとシャルルに手を伸ばす。シャルル、首を渡す。その断面を確認しているルイ16世。ふと、呟く。

ルイ16世　……私が逃げたのはこれと同じだったのかもしれないね。

シャルル　え……。

ルイ16世　王が頭で身体が国だ。身体が言うことをきかなくなったから、頭だけが逃げ出そうとした。そんなことをすれば身体も死ぬのに。

フランス人形の首を身体につけようとするルイ。が、首はコロリと落ちる。

ルイ16世　そして離れた首は二度と身体には繋がらない。

淋しく微笑むルイ16世。一同、彼の言葉を黙って聞いている。

ルイ16世　私は王の権利は、神から賜ったものだと信じていた。こうやって身体から離されて、ようやく君達の言葉が少しはわかるようになったのかもしれない。

と、人形の頭を見つめて語るルイ、そして顔を上げて一同を見るルイ。

ルイ16世　断頭台、是非とも完成させてくれたまえ。

そう言うと立ち去る。
一同、居住まいを正して見送る。
シャルルはルイ16世が去った方を見やり、思いに耽《ふけ》っている。
やがて舞台上に完成した断頭台が姿を見せる。
執務室の面々は闇に消えていく。

×　　×　　×　　×

同年4月。

断頭台を乗せた処刑台の周りに集まる人々。

その中には、ギヨタン、トビアス、ジャン、ロベスピエール、サン＝ジュストもいる。

そこに罪人が連れてこられる。シャルルとグロ、そして助手達が断頭台に囚人の頭を乗せる。断頭刃が落ちる。

どよめく人々。

ギヨタン達関係者、安堵の表情。

最初の処刑はうまくいったのだ。

シャルルが処刑台を降りて、ギヨタン達の方に来る。

ギヨタン　成功だな。ホッとしたよ。
シャルル　国王のご提案通りだ。やはり刃《は》は斜めにして正解だったね。
トビアス　そうですね。
シャルル　見事な切れ味だったよ、ジャン。
ジャン　はい。

サン＝ジュストが近寄る。

サン＝ジュスト　さすがだな。ジャン、トビアス。

ジャン　ああ。

と、ロベスピエールも声をかける。

ロベスピエール　おめでとう。これで、貴族も平民もない、すべての死刑囚は等しく斬首刑にできる。人道的であり革命的な合理の処刑法です。これからもよろしく。

と、シャルルと握手する。

辺りは闇に包まれ、人々の姿は消える。

残るのはシャルルと断頭台。

と、断頭台の刃が上がって落ちる。

ハッとするシャルル。

再び刃は上がり落ちる。何度も何度もそれが繰り返され、その間隔はだんだん早くなる。

シャルル、それを見て、徐々に表情が曇っていく。何か不吉な予感にかられたのだ。


――暗　転――

【第八景】

同年、8月。
市民達がそれぞれ武器を手に持ち、移動している。人々、興奮している。
サン＝ジュストが彼らを扇動している。

サン＝ジュスト　国王はオーストリアと内通している。彼こそが国家の敵だ。
市民　宮殿から王を追い出せ！
市民　この国に王はいらない！
市民　外国のスパイが紛れ込んでいるぞ！
市民　くまなく探せ！
サン＝ジュスト　全員断頭台送りだ！　行くぞ、みんな！
市民達　おう！
市民　探せ！
市民　まだいるぞ！

殺気だって駆け去る人々。

別方向から現れるシャルル、ジャン、トビアス。

シャルル　急に呼び出してすまなかった。助かったよ。
ジャン　新しい断頭刃に交換しておきました。刃こぼれがひどかったですからね。
トビアス　これだけ頻繁に断首刑が行われるなら、断頭台は常設しておいた方がいいんじゃないですか。処刑のたびに設置していたんじゃ、追っつかないですよ。
シャルル　……そうだな。
ジャン　確かにこのところ、死刑執行が多すぎる。

顔色がさえないシャルル。

トビアス　どうしました？
シャルル　私達のせいなのかな。
ジャン　え？
シャルル　断頭台ができたから、死刑の数が増えたんじゃないか。
ジャン　そんな。
シャルル　確かに、剣で首を刎ねるのは大変だった。その日のために身体を鍛え、剣を研いで臨《のぞ》んだものだが、今はどうだ。縄を切ればそれで終了。私自身、楽に仕事をこなしている感覚がある。

トビアス　それで当然でしょう。そのために断頭台を作ったんです。
ジャン　考えすぎですよ、サンソンさん。今は動乱の世の中です。
トビアス　実際、反革命容疑者を裁く特別刑事裁判所ができてからは、監獄では囚人が満杯になってます。死刑囚が増えても仕方がない。

また武装した人々が通りすぎる。

市民　そっちはどうだ。
市民　探せ探せ！
シャルル　……みんな殺気立ってるな。
トビアス　不安なんですよ。外国が反革命派と内通してフランスに攻めてくるんじゃないかって。
ジャン　でも……こんなことで本当に俺達の望んだ世の中が来るのかな。
トビアス　……どうした、ジャン。
ジャン　いいえ。この興奮状態、なんだか怖いんです。人々がどこへ向かっていこうとしてるのか……。
市民　宮殿だ！　宮殿へ行け！
市民　王を倒せ！
市民　王を倒せ！

市民　宮殿だ！
市民達　宮殿だ！

と、武器を持った群衆が興奮状態で走っていく。口々に「宮殿へ！」「王を倒せ！」と言っている。

シャルル　宮殿？

そこにエレーヌが走ってくる。

エレーヌ　ジャン！　よかった、巻き込まれたかと思った。
ジャン　これは何の騒ぎ？
エレーヌ　みんな宮殿に向かってる。国王を捕まえろって。
シャルル　国王を？
エレーヌ　ええ。捕まえて王宮から追い出すって、チュイルリー宮殿に押し寄せてる。フランスに国王は必要ない、そう言って。
トビアス　宮殿には軍隊がいるだろう。
エレーヌ　だから戦うんだって言ってた。連盟兵を組織して対抗するって。私、あなたも巻き込まれたんじゃないかと心配で。

シャルル　連盟兵⁉　宮殿にか！

シャルル、矢も楯もたまらず宮殿に向かう。

ジャン　サンソンさん！

と、追おうとするジャンを止めるエレーヌ。

エレーヌ　だめ、行かないで。
ジャン　え。
エレーヌ　あなたが心配でここまで来たの。騒動に巻き込まれてるんじゃないかって。もう帰ろう、ね。
ジャン　……エレーヌ。
トビアス　サンソンさんは俺が様子を見てくる。
ジャン　わかった。頼むよ。

トビアス、サンソンが去った方に走りだす。

エレーヌ　ジャン、断頭台に関わるのはもうやめて。私、怖い。

ジャン　……。
エレーヌ　みんなおかしくなってるよ。何が起きるかわからない。
ジャン　エレーヌ（と、抱き寄せる）。僕なら大丈夫だ。大丈夫だから。
エレーヌ　ジャン。
ジャン　ああ。

二人、逆方向に歩きだす。

×　×　×　×

チュイルリー宮殿。庭。
国王側の兵士や貴族、城の召使いなどが暴徒となった市民達に襲われている。王制打倒というスローガンはあったものの、興奮状態となった市民達を支配しているのは暴力衝動。
宮殿内にいる者はすべて旧体制、反革命的な存在だという名目で甚振《いたぶ》り嬲《なぶ》り殺している。

市民　国王はどこだ！
市民　邪魔する奴は殺せ！
市民　貴族達も革命の敵だ！

駆けつけたシャルルは、その有り様に呆然とする。

シャルル　……なんだ、これは。

宮廷の女中が暴徒から逃げてくる。

女中　助けて！　お願い！

シャルルに助けを乞う。追ってくる暴徒からかばうシャルル。

シャルル　やめたまえ。彼女は召使いだ。貴族じゃない。

市民　やかましい！

と、市民達、シャルルにも襲いかかる。

シャルル　逃げろ。

女中を逃がすシャルル。

市民　こいつも貴族だ。やってしまえ！

市民達が襲いかかろうとした時、銃声。市民倒れる。驚くサンソン。と、ナポリオーネ・ブオナパルテとその仲間の兵士達3、4人が現れる。

ナポリオーネ　撃て。

銃を持った兵士達、先頭の市民を撃つ。
怯《ひる》んだ市民達、「行くぞ」「宮殿に戻ろう」などと言いながら走り去る。

ナポリオーネ　もういい。追う必要はない。

後を追おうとする兵士達を止める。

ナポリオーネ　しょせんは素人。数を頼みの烏合《うごう》の衆だ。だが、調子に乗らせると厄介だ。深追いはするな。

シャルル　危ないところをありがとう。

ナポリオーネ　無事でなによりです。ムッシュ・ド・パリ。

シャルル　……君は確かコルシカの。

ナポリオーネ　ナポリオーネ・ブオナパルテ。
シャルル　君達は国王軍だろう。国王を守ってくれ。国王を宮殿から救い出してくれ。
ナポリオーネ　なぜ、僕が。
シャルル　国を守るのが軍人、処刑人とは違う。そう言ったのは君だ。国王は国そのものだ、君の義務だろう。
ナポリオーネ　……。
シャルル　さっきの君の采配、見事だった。わずかの数で、暴徒達を追い払った君ならきっと国王も救える。
ナポリオーネ　……確かに僕ならできないことはない。だが、あなたほどルイ16世に忠誠をつくすつもりはない。僕の祖国はあくまでコルシカだ。
シャルル　それでもフランスの軍人だろう。
ナポリオーネ　第一、国王はもう宮殿にはいない。とっくに避難している。
シャルル　え……。
ナポリオーネ　国王は早々に宮殿を捨てた。あなたも早く引き上げた方がいい。行くぞ。
兵士達　はい。

そう言うと立ち去るナポリオーネ。
入れ替わりにトビアスがやってくる。

トビアス　サンソンさん。よかった、無事でしたか。

と、遠くからラ・マルセイエーズの歌声が聞こえてくる。

シャルル　あれは……。
トビアス　宮殿を占領した市民達ですよ。勝利の歌だ。
シャルル　王の住まいを自分達のものとした凱歌というわけか……。

呆然とするシャルル。
勝ち誇った民衆達。そして再びの暴動。刑務所を襲う人々。9月の大虐殺の始まりだった。

市民　行けー！

——暗　転——

【第九景】

同年、12月。
シャルルの自宅。シャルルとジャン、トビアスがいる。
苦悩しているシャルル。

シャルル　ロベスピエールが国王の死刑を求める演説を議会で行なう。ギヨタンが言っていた。
ジャン　彼はなんとしてもあの方を断頭台送りにするらしい。
シャルル　やはりその流れは止まらないですか。
国王は、8月のチュイルリー宮殿襲撃以降、ずっとタンプル塔に幽閉されたままだ。それでもまだ、国民は彼の罪を問う。なぜだ。あの方とともにフランスを変えていく道はなかったのか。
トビアス　サンソンさんの気持ちはわかります。でも、やはりヴァレンヌ逃亡事件がいけなかった。ルイ16世は自分達を見捨てた。国民はそう思った。あの時の絶望感が尾をひいてるんです。
シャルル　そのことはあの方もよくわかっている。
ジャン　フランスの周りはみんな君主制の国々。すべて敵です。いつ外国の軍隊が襲ってく

シャルル　るかと心配で過敏にもなる。一つ弾ければたちまち大暴動が起こる。9月の虐殺のようにか……。
トビアス　はい。あの時、市民達は、刑務所を襲い、反革命容疑者を大量に殺した。
ジャン　でも、半分以上は政治とは縁もゆかりもないただの犯罪者にすぎなかったのに。
シャルル　そんなに人を罰したいのなら、私の代わりに死刑執行人になるがいい。私は喜んでこの座を譲る。だが誰一人、言ってくる者はいない。
ジャン　……サンソンさん。
シャルル　私が、父親の跡を引き継いで処刑人の仕事をするようになってからもう四十年近くになる。これまでずっと、この仕事は犯罪人を社会のために罰する正義の行為だと自分に言い聞かせ信じ込ませていた。そうでなければ、死刑執行人として世間の偏見と戦えるものではない。しかし、国王は犯罪人か？　本当にそうなのか。
トビアス　いまや、国王という存在そのものが犯罪だと、サン＝ジュスト達はそう言っています。
シャルル　だが、少なくともルイ16世には、このフランスをよくしようという意志はあった。その彼を犯罪者と呼ぶことは、私には、私にはできない……。

血を吐くようなシャルルの言葉に、ジャンとトビアスはただならぬ彼の覚悟を感じる。

シャルル　……処刑台から国王を逃がせないか。

ジャン　え。

シャルル　君が死刑を免れたように、あの方を救えないか。私はずっとそれを考えていた。

トビアス　それは……。

シャルル　頼む、協力してくれないか。

トビアス　僕達が、ですか。

シャルル　信頼できるのは君達しかいない。

トビアス　……外国に亡命した貴族達や王党派が、ルイ16世を救出しようとしている。そういう噂は市民達の間にも流れています。あなたがわざわざ危険な橋を渡ることはない。

シャルル　その噂は聞いている。

ジャン　……何をすればいいんでしょう。

トビアス　ジャン。

ジャン　……聞かせて下さい。

シャルルの話に耳を傾けるジャン。

×　×　×

夜。旅姿のジャンがどこかに出かけようとしている。
その前に立つエレーヌ。

エレーヌ　どこ行くの？

ジャン　エレーヌ。
エレーヌ　またサンソンさんのお仕事？
ジャン　ごめん。（と、行こうとする）
エレーヌ　言えないの？　言えないような仕事？　最近のジャン、おかしいよ。なんだかとんでもないことに巻き込まれそうで。せっかく助かった命よ。もっと大切に使おうよ。
ジャン　……今回だけだ。これで終わりにする。断頭台の仕事も。
エレーヌ　え。
ジャン　でも、もう少しだけ。この仕事だけはやりきりたいんだ。
エレーヌ　……無理してない？
ジャン　大丈夫。じゃ。

行こうとするジャンの背中に声をかけるエレーヌ。

エレーヌ　帰ってきたらパンを焼くわ。だから……。
ジャン　（うなずく）絶対戻るから。

駆け去るジャン。見送るエレーヌ。

×　×　×　×

12月の終わり。

コルシカ島、アジャクシオ。
ナポリオーネがいる。周りには彼の仲間達。
彼の前に立つジャン。

ナポリオーネ　シャルル＝アンリ……。パリの処刑人か。
ジャン　彼からの手紙を持ってきました。
ナポリオーネ　手紙？　そのためにわざわざパリから、このコルシカ島まで？
ジャン　どうぞ。（手紙を渡す）読んで下さい。

ナポリオーネ、読みだす。

ナポリオーネ　（ザッと読み）おい、これは。
ジャン　はい。もしもルイ16世の死刑が決まったら、その時は、あなたに。そういうお願いです。
ナポリオーネ　そんなことをして、私に何の得がある。
ジャン　助け出した国王をこのコルシカ島に連れてくる。ルイ16世を擁して、このコルシカを独立国にする。そうすれば周りの帝政諸国は独立を支持するでしょう。
ナポリオーネ　……なんだと。
ジャン　手紙には、王の処刑に関して、サンソンさんが知る限りの情報が書かれています。

ナポリオーネ　（手紙の続きを見て）王が幽閉されているタンプル塔を出て処刑場までの経路。処刑場の場所と周りの様子か……。

ジャン　あなたなら、きっとできるはずだ。サンソンさんはそう言っていました。

ナポリオーネ　言ってくれるね。

ジャン　是非、ご検討下さい。

ナポリオーネ　……内政が混乱している今のフランス相手なら……、オーストリアは確実に味方につくな。いや、民主主義を恐れている周辺諸国はすべて……。

ジャン　よろしくお願いします。

立ち去るジャン。

ナポリオーネ　……。

手紙を見て考え込むナポリオーネ。

――暗　転――

【第十景】

国民公会。ロベスピエール、サン＝ジュスト、ギヨタンらがいる。王の処罰に関する討論が繰り広げられている。

議員1　国王はすでに有罪が確定し、王権を剝奪され充分に罰せられている。これ以上の罪を彼に問う必要があるのか。

何人かの議員が同意する。と、サン＝ジュストが発言する。

サン＝ジュスト　彼は確かにこのフランスで国王の座に就いていた。人は罪なくして王たりえない。裁判など必要ない。王は王であるだけで罪なのだ。速やかに断頭台に送るべし！

そうまくしたてるサン＝ジュスト。ロベスピエールが、あとを続ける。

ロベスピエール　すべては革命のため。崇高なる革命の精神を完遂するためには、我々は決断しなければならない。国王とて例外ではない。ルイ・カペーを断頭台に！

同意する者、反発する者。喧噪の中、議会は闇に包まれる。

× × × ×

翌年（1793年）、1月20日。

シャルルの自宅。シャルル、ギヨタン、トビアスがいる。

シャルル　待っていたよ、ギヨタン。国王の処罰はどうなった。

ギヨタン　……死刑に決まったよ。

シャルル　死刑！　ルイ16世が!?

ギヨタン　ああ。国民公会の投票の結果361票対360票で死刑が確定した。

シャルル　たった、たった、たった1票の差で。

ギヨタン　ああ、そうだ。たった1票だ。

シャルル　そんな……。執行猶予は。

ギヨタン　それも否決された。

シャルル　……。

ギヨタン　まず、国王の有罪は議員全員一致で可決した。国は国民全体のものだ。それを一個人の利益で動かそうとする、それ自体が罪だと。

シャルル　……。

ギヨタン　問題はどのような処罰をするかだ。死刑だけは阻止したいジロンド派と、是が否で

シャルル　も死刑を望む山岳派が論戦を繰り広げた。
トビアス　山岳派。ロベスピエールが中心の。
ギヨタン　じゃあ、サン＝ジュストも。
シャルル　そう。特に彼は執拗にルイ・カペーとしての死刑を主張した。
ギヨタン　ルイ・カペー？
シャルル　もはや国王でない彼は、一個の市民ルイ・カペーとして裁かれる。
ギヨタン　じゃあ国王としての罪を市民の彼が受けるのか。それはおかしくないか。
シャルル　気持ちはわかる。だが、そんなことを口に出すものじゃない。ロベスピエールににらまれるぞ。
ギヨタン　にらまれたからどうだと言うんだ。
シャルル　君の首まで飛びかねない。
ギヨタン　飛ばすなら飛ばせばいい。だが、私の首をとばして誰が代わりを務める？　あなたか、ロベスピエールか。我がサンソン家が担ってきた重責を担える者が他にいるなら私は喜んでこの首を差し出す！
シャルル　サンソンさん、落ち着いて。
トビアス　君の言う通りだ。君の仕事は誰にも代われない。シャルル＝アンリ・サンソンは、パリの処刑人として立派に仕事を果たしてきた。だから、辛いとは思うが、今回もその仕事を果たしてくれ。
ギヨタン

大きく息を吐き、落ち着くシャルル。

シャルル　……わかった。

ギヨタン　今日の夜のうちに処刑台を組み立てて、明日の朝八時に待機してほしい。場所は革命広場だ。あそこからならチュイルリー宮殿も見える。

トビアス　どういうことです。

ギヨタン　前王は、最期の時に宮殿を目にして死ぬべきだ。宮殿を見て自分の罪を思い起こしながら死んでいく。そういう意見もあった。

シャルル　……それもロベスピエールが。

ギヨタン　議会の決定だと考えてほしい。

シャルル　……牢獄の国王を迎えにはいつ行けばいい。

ギヨタン　今回は君の迎えは必要ない。パリ市の責任において立派な馬車を出す。前王への敬意と、警護のためだ。

シャルル　襲撃の恐れがあるからか？

ギヨタン　ああ、可能性は否定できない。……なぜそれを？

サンソンが促すと、トラビスが手紙を数通出す。

トビアス　脅迫状です。

ギヨタン　脅迫状？
トビアス　「王を処刑するなら処刑場に国王を輸送する途中で救出する。邪魔をすれば命はない。」（と、脅迫状を読む）差出人の名前はありません。
シャルル　おそらく王党派の連中だろう。

ため息をつくギヨタン。
と、外で揉める声が聞こえる。
グロが若者を押さえつけて入ってくる。

グロ　ほら、おとなしくしろ。
シャルル　どうした？
グロ　こいつが外から様子をのぞいてました。声をかけたら逃げようとしたんで。
シャルル　私を脅迫しにきたのか。
トビアス　そうじゃないですか。
若者　違う、違うんです。サンソンさんにお願いがあって来たんです。
シャルル　お願い？

若者はシャルルにすがりつく。

若者　僕を国王の身代わりにして下さい。お願いします。
シャルル　身代わり？
若者　はい。僕をギヨティーヌにかけて下さい。
ギヨタン　ギヨティーヌ？
トビアス　断頭台のことです。
ギヨタン　ひょっとして私の名前か……。
トビアス　（気まずげに）ギヨタンの子どもでギヨティーヌ。市民の間ではそう呼ばれているとか。
ギヨタン　そんな……。断頭台に私の名前を……。

呆然とするギヨタン。ショックを受けている。
興奮状態なのでその様子は目に入らず、ひたすらシャルルに懇願する若者。

若者　国王と同じ服を着て観衆に紛れています。国王が到着したら、こっそり入れ替わります。国王と同じ服さえ用意して下されば きっとうまくいきます。
シャルル　（若者に）君の気持ちはわかった。だが、それは無理だ。警備は厳重だし、断頭台はずっと人目にさらされている。処刑の直前に人の入れ替えをするなど不可能だ。
若者　でも。
シャルル　無理なものは無理だ。今日のことは黙っている。だからおとなしく帰りなさい。

若者　でも、国王は。

シャルル　我々にはどうしようもない。

若者　でも！

シャルル　さ、もう帰って。これ以上騒ぐと役人に知らせざるを得ない。そうなると、君の首が飛ぶよ。無駄に命を捨てるだけだ。

若者　……。

シャルル　今なら見逃せる。君の言ったことはすべて忘れる。君の名前も聞かない。だから帰りなさい。

若者　……。

黙ってうなずく。すっかり気落ちしている。

ギヨタン　私が送っていこう。（若者に）さあ、来なさい。

シャルル　グロ、お送りして。

グロ　はい。

ギヨタン　処刑台の件は頼んだよ。（と、帰り支度をする）じゃあ。

と、若者を連れ出すギヨタン。
それを待って話すシャルル。

シャルル　ジャンから知らせは。
トビアス　こっちには何も。じゃあ、そちらにも?
シャルル　手紙一つ届いていない。何をやってるんだ、彼は。
トビアス　焦らないで、サンソンさん。
シャルル　ああ。脅迫状の送り主も、さっきの若者のような人間も。これだけ国王を助けたいと思っている人間がいる。それは希望だ。きっと、誰かが動いてくれる。でなければ、あのお方が哀れすぎる。
トビアス　……。
シャルル　……頼む、ジャン。頼む、ブオナパルテ。

と、目を閉じ祈るシャルル。

×　×　×　×

そして死刑当日。
革命広場に観衆が集まっている。
処刑台に断頭台を設置して、死刑の準備をしているシャルルとグロ、トビアス。
トビアスに囁くシャルル。

シャルル　ジャンから連絡は。

トビアス　それがまだ。
シャルル　遅い。これでは間に合わないぞ。
トビアス　気をつけて。ロベスピエールが来ます。

ロベスピエールとサン＝ジュストが断頭台の方にやってくる。

ロベスピエール　準備はどうですか、サンソンさん。
シャルル　順調です。

死刑台からチュイルリー宮殿の方を見やるロベスピエール。方向を確認する。

ロベスピエール　うん。はっきりとチュイルリー宮殿も見える。これでいい。宮殿を見て自分の罪を思い起こしながら死んでいく。国王という罪深い座に君臨していた男にふさわしい最期です。

シャルルに向かって言うロベスピエール。

ロベスピエール　では、よろしくお願いします。王の死は国民の総意。今日はフランスにとって記念すべき日です。

シャルル　総意？　３６０人の反対票を無視してもですか。
サン＝ジュスト　議会の決定に異論が？　それは共和制への反逆ですが。
トビアス　待て。サンソンさんはそんなことは言ってないよ。
サン＝ジュスト　君も不満があるのか、トビアス。だったら徹底的に議論しようじゃないか。
ロベスピエール　よせ、サン＝ジュスト。彼らは大切な仕事中だ。

トビアスをにらみつけるサン＝ジュスト。だがロベスピエールの制止に引き下がる。

ロベスピエール　これからフランスは生まれ変わる。その栄誉はあなたの腕にかかっている。頼みますよ、ムッシュ・ド・パリ。
シャルル　あなた自らがその幕開きの刃を落とすこともできます。

と、ロベスピエールとサン＝ジュストを見つめるシャルル。その視線を受け止めるロベスピエール。若干腰がひけるサン＝ジュスト。

ロベスピエール　お互いにお互いの職務を全うしましょう。この国のために。

そう言うと立ち去るロベスピエール。サン＝ジュストも後に続く。

トビアス　……変わったな、サン＝ジュストも。昔から急進的だったがあそこまでじゃなかった。

しかしシャルルはうわの空。そわそわしている。
と、そこにルイ16世（今では市民ルイ・カペーと呼ばれる）の到着を知らせる太鼓が鳴る。

トビアス　馬車が着いたようです。
シャルル　（呟く）なぜ、誰も来ない。
トビアス　（小声で諫《いさ》める）サンソンさん。
シャルル　王党派は。ブオナパルテは。ジャンは戻ってこないのか。
トビアス　落ち着いて。僕らは僕らの仕事をしましょう。

シャルルをなだめるトビアス。

トビアス　今はそれしかない。

シャルル、大きく息を吐くと、気持ちを切り替える。

シャルル　わかった。

トビアスは処刑台から降りると、群衆の中にまじり様子を見る。
太鼓の音が響く。
まず警護の憲兵が二人、そして聖職衣を着た神父。最後にルイが現れる。

シャルル　……国王。

ルイが一歩歩くごとに太鼓が打ち鳴らされる。威厳を持って歩くルイ。
処刑台の下に来るルイ。シャルルとグロが降りて、ルイに話しかける。

ルイ　やあ。こんな形で再会するとは。

シャルル、切ない目をルイに向けるが、そこであえて荒々しい声を出す。

シャルル　服を脱げ！
ルイ　え？
シャルル　抵抗するか！

と、シャルル、乱暴にルイの上着を脱がす。
その振る舞いに見ていたトビアスも驚く。
シャルル、ルイに囁く。

シャルル　（小声で）陛下、抵抗して下さい。
ルイ　……君は。
シャルル　（小声で）あなたの姿が哀れに見えれば、観衆の心も動く。「王を助けよう」という気持ちになる。（大声で）首を出せ。よく切れるようにな。

シャルル、乱暴にルイのシャツのボタンをちぎると、首を露わにする。人々、その有り様を無言で見ている。

シャルル　（大声で）手を後ろに回せ。縛り上げる。（小声で）さあ、悲鳴をあげて下さい。

と、ルイ、優しくシャルルを見つめる。

ルイ　ありがとう、シャルル。でも、もういいよ。
シャルル　……陛下。

断頭台と群衆を見回すルイ。

ルイ　八百年続いた王政が貯めた罪が私のもとに押し寄せてくる。わが一族は自分達を国家だと思っていた。その積年の奢りを、今、私が背負う。君の一族が粛々と死刑を行なうことで国家の罪を一身に背負ったようにね。

シャルル　……。

ルイ　さあ。

と、自ら手を後ろに回すルイ。シャルル、優しくその手を縄で縛る。

処刑台に上がるルイとシャルル。

と、ルイが観衆に語りかける。

ルイ　国民よ、あなた方の国王は、今まさにあなた方のために死のうとしている。私の血が、あなた方の幸福を確固たるものにしますように……。私は罪なくして……。

話を続けようとするが、ロベスピエールが言う。

ロベスピエール　王はそれ自体が罪だ。国民のための王などありえない。

サン＝ジュスト　やれ。

と、楽隊の指揮官に演奏を始めるよう告げる。指揮官の指示で再び太鼓が打ち鳴らされる。その太鼓の音に言葉がかき消される。
ルイは喋るのをやめる。

ルイ　……。（落胆した様子）

思わず叫ぶシャルル。

シャルル　誰もいないのか、この哀れな市民カペーを救おうという者は。

観衆から不満の声があがる。「早くやれ！」
「ルイの血を！」「首を落とせ！」という声が聞こえる。

シャルル　ならば、国民はもう二度と王を求めないのだな。共和制を貫き、王政に戻ることはないのだな。今、この王を殺すということは、そういうことだぞ！

群衆に叫ぶシャルル。嘲笑《あざわら》う群衆。
静かにルイが言う。

ルイ　時は来た。始めよう、サンソン君。

と、断頭台に頭を乗せるルイ。

シャルル　陛下……。

と、断頭台のロープに手をかけた時、入り口の方から一群の兵士達がなだれ込んでくる。

民衆を蹴散らす兵士達。指揮するのはナポリオーネ。

が、その言動、どこか芝居めいて快活だ。

ナポリオーネ　遅くなった、サンソン！

シャルル　ブオナパルテ！

ナポリオーネ　さあ、国王陛下を救え！

彼の指揮の下、民衆達を蹴散らす兵士達。

去っていく人々。警護の者もトビアスもいなくなる。残ったのは、シャルルとナポリオーネと兵士達だけになる。

シャルル、ルイを断頭台から解放する。

シャルル　もう大丈夫です、陛下。あなたは救われた！

ナポリオーネの手を取るシャルル。

シャルル　ありがとう、ブオナパルテ。きっと来てくれると思った。（ルイに）さあ、コルシカ島に向かいましょう。そこであなたの新しい国を作るのです。

と、ルイを促すシャルル。が、ルイはかぶりを振る。

ルイ　だめだよ。行けないよ、シャルル。

シャルル　なぜ？

と、ナポレオンがルイに大きな木箱を渡す。
ルイ、その木箱をシャルルに渡す。
シャルル、その木箱を開けると中のものを取り出す。それはルイの生首だった。

シャルル　こ、これは……。

ルイ　（微笑み）やっぱり、刃は斜めにして正解だったね。いい切れ味だったよ。私の考えは間違ってなかった。

状況が飲み込めないシャルル。

シャルル　嘘だ！　そこに救助の兵士もいる！　ブオナパルテが駆けつけてくれた。あなたは助かったんだ！

と、ナポリオーネ、いきなり冷静な表情になり、シャルルからの手紙を取り出す。

ナポリオーネ　コルシカにルイ16世を呼ぶだと。いかにも世間知らずのパリの処刑人が考えそうなことだ。ありえない。こんなことで私が動けるか。

と、手紙をクシャクシャに丸めると投げ捨てる。シャルルを見て鼻で笑うと、兵士と共に立ち去る。それが現実のナポリオーネの対応だったのだ。

シャルル　そんな……。（愕然とする）

木箱を置くと、ルイが穏やかにシャルルに語りかける。

ルイ　シャルル＝アンリ・サンソン。君はこのフランスのために自分の仕事を全うした。今までもこれからも。誰にも真似できないことだよ。

シャルルの手を取り、握手をするルイ。

ルイ　さよなら、ムッシュ・ド・パリ。

自分の首が入った木箱をシャルルに渡し、静かに立ち去るルイ。それを見送るシャルル、膝を突き、泣き崩れる。

シャルル　……陛下、私は……、私は……。

ナポリオーネ登場以降はすべて彼の幻想だったのだ。そこに現実のジャンとトビアスが現れて声をかける。

トビアス　サンソンさん。
ジャン　ブオナパルテは動かなかった。すみません、本当に。
シャルル　ああ、もういい、もういいんだ。

優しく言うシャルル。だがその声音には絶望がある。

その絶望に立ち入れず、立ち去るジャンとトビアス。

木箱の前で手を組むシャルル。静かに厳かな音楽が流れる。木箱に祈りを捧げて、ルイを弔うミサを行なっているようにも見える。

いつの間にか彼らの周りに再び民衆が集っている。

シャルルの後ろには再び断頭台が浮かび上がる。人々は断頭台に歓声をあげている。

シャルルは立ち上がり、彼らに叫ぶ。

シャルル　それでも喜ぶか！　お前達は王の血に汚れた断頭台に歓声をあげるか！　だったら次は誰だ。王の次に誰の首を欲しがる⁉

と、木箱を掲げて叫ぶシャルル。と、群衆はその木箱を奪う。そしてそれを掲げて奪い合いながら「マリー」「マリー」と、口々にマリー＝アントワネットの名を呼ぶ。

愕然とするシャルル。

群衆の声は徐々に大きくなると、一つになる。

民衆　マリー＝アントワネット！　マリー＝アントワネット！　王妃を断頭台に！

と、マリー＝アントワネットが警護兵に連れてこられる。
シャルルの表情は絶望から諦念へと変わっている。
シャルルの前で髪を見せるマリー。後ろを短く切っている。

マリー　準備はこれで充分かしら。
シャルル　はい。

堂々と処刑台に上がるマリー。罵声を浴びせる群衆。

マリー　さようなら、私の子ども達。私はあなた達の父上のところに参ります。

そう言って断頭台に首を乗せるマリー。
断頭刃が落ちる。
歓声があがる。
哀しい目のシャルル。
と、女性の声が聞こえる。デュ・バリー夫人の声だ。

夫人　はなせ、はなしてよ!!

兵士達がデュ・バリー夫人を連れてくる。兵を指揮するのはロベスピエールとサン＝ジュストだ。暴れ回って抵抗するデュ・バリー夫人。彼女の顔を見て驚くシャルル。若い時の恋人、ジャンヌ・ベキュ・ヴォーベルニエだということに気づいたのだ。

シャルル　……彼女は。

処刑台にデュ・バリー夫人を連れてくるロベスピエール。

ロベスピエール　この女性はデュ・バリー夫人。ルイ15世の公妾《こうしょう》だ。憎むべき王制の残滓《ざんし》だ。

サン＝ジュスト　ルイ15世とともに国家の財産を浪費した。それだけで死に値する。

夫人　（シャルルに気づき）助けて、シャルル。私よ、ジャンヌよ。あなたの恋人だったジャンヌよ。

シャルル　……イギリスに行ったんじゃなかったのか。

夫人　フランスになんか戻ってくるんじゃなかった。お願い、私は何も悪いことをしていない。お願い、助けて、シャルル！

シャルル　……私は処刑人だ。できることは断頭台の刃を落とすことだけだよ。

夫人　お願い、助けて！

シャルルにすがるデュ・バリー夫人。

シャルル、哀しい表情になるが、それでも夫人の手を後ろに回して手際よく縛る。

夫人　断頭台は嫌！　お願い、死にたくない！

叫ぶデュ・バリー夫人を断頭台に連れていくシャルル。
彼女の首を落とす。
歓声をあげる群衆。悔しいシャルル。
ロベスピエールとサン＝ジュストは拍手をしている。シャルル、彼らに問いかける。

シャルル　聞いたか！　今の叫びを！　見たか！　今の恐れを！（ロベスピエールに）あなたは、一度は死刑廃止を唱えた人だ。それなのに、なぜ、こうやって人々を次々に断頭台送りにする。どこで心変わりしたのです。

ロベスピエールは誇らしげに言う。

ロベスピエール　疑わしき者、私欲に走る者、国のためにならぬ者、そのすべてがこの断頭台にかかる。この革命が完遂するまで異論は許さない。それが革命の意志だ。過去の遺物はすべて排除する。すべては民衆のため、共和制のために。

ロベスピエールは観衆に問う。

ロベスピエール　さあ、次の処刑者は誰だ。お前か、お前か、お前が反革命主義者か。（と、次々に民衆を指していく）

サン＝ジュスト　誰だろうと、革命の敵は迷わず断頭台送りだ。

彼ら二人の勢いに、怯《ひる》む民衆達。

ロベスピエール　さあ、次は誰だ⁉　誰だ⁉　名前を挙げろ‼

怯《ひる》んでいた民衆達だが、次の瞬間、逆に民衆がロベスピエールを指差す。

市民　ロベスピエール。

シャルル　これは。

市民　ロベスピエール。

ロベスピエール　なに。

市民達　ロベスピエール。

サン＝ジュスト　そんな……。

市民達　ロベスピエール。

一瞬驚いたロベスピエールだが、すぐに笑いだす。

ロベスピエール　そうか、私か。フランスは、革命は、この私の血も欲するか。

笑いながら断頭台に上るロベスピエール。シャルルが問う。

シャルル　これが革命ですか。これが人道的で合理な処刑方法ですか。

ロベスピエール　その通りだ。国王ルイも革命の使徒ロベスピエールも等しく一瞬にして首を落とす。それこそが、まさに「自由、平等、博愛、さもなくば死」の象徴。そうだろう。

シャルル　私はただ、処刑を続けるだけです。それが国家のためである限り。

ロベスピエール　それでいい。さあ、やりたまえ。この血もフランスのために注いでくれ。

断頭台に頭を乗せるロベスピエール。

シャルル　……。

シャルルは無言で断頭台の刃を落とす。
啞然と見ているサン＝ジュスト。

シャルル　さあ、次は誰だ。私は誰の首を落とせばいい。

人々が歓声をあげ、処刑台の周りにサン＝ジュストや山岳党の議員達を連れてくる。
断頭台に上げられるサン＝ジュスト達。人々が取り囲み、群がる。
断頭刃の落ちる音が響き渡る。
シャルルも断頭台も、群衆の波に呑み込まれる。

――暗　転――

【第十一景】

闇の中にギヨタンが現れる。
時と場所を越えて、語り始める。

ギヨタン　ロベスピエールを屠《ほふ》った後も革命の血の嵐は吹き続けた。その嵐は結局、断頭台という吹きだまりに行き着くことになる。シャルルは、黙ってその風を受け、翌年引退するまでに、三千人近くもの人々を処刑した。彼が疑問を投げかけたことがある。「私達が平等で人道的な処刑法だと信じ作り上げた断頭台が、結局、死刑の数を増やしたのではないか」。その通りだったのかもしれない。そして、そのしっぺ返しは私の身にも訪れた。断頭台の呼び名はギヨティーヌで定着した。英語だとギロチン。後世にまでその名で呼び続けられることになってしまうとは。そんなつもりはなかった。私はただ、平等で人道的な処刑方法を求めただけなのだ。

と、闇にナポリオーネの姿が浮かび上がる。
いや、今はフランスの皇帝となったナポレオン・ボナパルドだ。皇帝らしい立派な服に身を包んでいる。

ギヨタン　皮肉といえば、この男もそうだ。コルシカの独立をあきらめ、迫り来る列強相手に数々の武功を上げた。革命軍の象徴となり、ついには皇帝の座に上り詰める。それも国民投票で。あれだけ国王ルイの死を望んだ国民達が、もう一度自らの手で皇帝を作ることを拒否しなかった。ナポレオン1世、「フランス人民が選んだ皇帝」の誕生だった。

ギヨタンは闇の中に消えていく。

×　×　×　×

1806年のある日。
フランス、パリ、マドレーヌ寺院工事現場。
工夫達が作業をしている。
その中にジャンもいる。
と、エレーヌがパンを入れた籠をもって現れる。

エレーヌ　みんな、お昼だろ。焼きたてパンの到着だよ。
工夫1　おお、来た来た。
工夫2　昼飯時に現れる。さすがエレーヌだ。
エレーヌ　こっちも商売だ。売り時は見逃さないよ。さあ、たっぷり買っておくれ。

と、工夫達にパンを売りつけるエレーヌ。そのあとジャンに向かう。

エレーヌ　ジャン、はい。お弁当。
ジャン　ありがとう。
エレーヌ　作業は進んでる？
ジャン　ああ。

と、そこに通りかかるトビアス。立派な身なりをしている。トビアス。ジャンとエレーヌに気づく。

トビアス　ジャン？　エレーヌ？
ジャン　……トビアス？

駆け寄るトビアス。

トビアス　やっぱりジャンだ。久しぶりだな。どこに雲隠れしたかと思ったら。エレーヌも。元気か。
エレーヌ　おかげさまで。久しぶりね。

トビアス　ああ。コルシカ島から戻ったきり姿を消して。探してたんだぞ。こんな所で何をやってる？　工事現場で力仕事か、お前が。
ジャン　ああ。
エレーヌ　この教会って、革命前にルイ15世の命で作り始めたんだって。それが革命で信仰が禁止されて建設が中止。でも去年、ナポレオン陛下がもう一遍建設再開するって話を聞いたら、どうしても参加するって言い出して。
トビアス　ジャン、俺を手伝ってくれないか。
ジャン　……。
エレーヌ　シュミット工房だっけ。商売繁盛みたいね。
トビアス　ああ、そうだ。俺は今フランス全土の断頭台製作を一手に担ってる。お前のような腕のいい職人が来てくれたら大助かりだ。
ジャン　いや、遠慮するよ。
トビアス　なんで。金なら出す。俺の所なら遙かにいい暮らしができるぞ。エレーヌだって楽ができる。
エレーヌ　人を殺す仕事で？
トビアス　え？
ジャン　トビアス。俺は今、あの革命が否定したものを改めて作り始める。そういう仕事がしたいんだ。

そのジャンにそっと寄り添うエレーヌ。

トビアス　ジャン……。

ジャン　……俺達が目指してた世界って、こんなものだったのかな。

トビアス　それは……。（答えに窮して）時代が変わったんだ。

ジャン　じゃあ、元気で。

再び作業に戻ろうとするジャン。

と、そこに兵士が現れる。

兵士　一同下がれ。皇帝陛下のご視察である。

作業員一同とトビアス、ジャン、エレーヌ、姿勢を正す。皇帝ナポレオン1世が、彼の従者数人を引き連れて現れる。かつては仲間の兵士だった男達だ。

ナポレオン、機嫌良く辺りを見回す。

ナポレオン　諸君、工事は進んでいるか。フランス軍の名誉を讃える神殿だ。しっかりと建設してくれたまえ。

頭を下げるジャンおよび工夫達。トビアスとエレーヌも少し離れた所でかしこまっている。
と、そこにフードをかぶった初老の男が現れる。シャルルである。

シャルル　陛下。
ナポレオン　何だ、お前は。
シャルル　サンソンでございます、陛下。
と、シャルル、フードを取る。ハッとするナポレオン。
物陰で見ていたジャンとトビアスも驚く。
ナポレオン　……あの処刑人のサンソンか。
シャルル　お久しゅうございます。懐かしさに、ご挨拶だけでもと思い。
いつの間にか夕暮れになっている。
と、彼方に断頭台が浮かび上がる。
シャルル、ナポレオンにそれを見るよう促す。
ナポレオン　あれは……、パリの断頭台か。

シャルル　はい。かつて、その場所に来てほしい。そう懇願した手紙をお出ししたこともあります。
ナポレオン　そんなことがあったか？
シャルル　ええ。でも、陛下はおいでにならなかった。残念です。戦場では見られないものがそこにはあったというのに。
ナポレオン　そこに何がある。
シャルル　死にゆく者達の眼差し。
ナポレオン　なに。
シャルル　そこで処刑される者達の、二千、いや三千人の眼差しを受け止めて参りました。

ぼんやりと遠くにマリー＝アントワネット、デュ・バリー夫人、ロベスピエール、サン＝ジュストなど処刑した人々が亡霊のように浮かび上がる。

シャルル　それは戦場では決して見られるものではございません。
ナポレオン　ならばなぜそこに立つ。
シャルル　仕事場ですから。
ナポレオン　仕事場？
シャルル　はい。この国に死刑がある限り、わが一族はそこで仕事を続けます。法に則って。それが処刑人の誇りです。

ナポレオン　面白い。だったら時と場合によっては、この皇帝の首も刎ねるのか。パリの処刑人よ。

シャルル　法が命じるならば。

躊躇なく答えるシャルルにムッとするナポレオン。

シャルル　お忘れですか、陛下。私はルイ16世を処刑した男です。

淡々と語るシャルル。

と、亡霊のような人々の中からルイ16世の姿が浮かび上がる。

その佇まいに一瞬怖気立つナポレオン。

その気持ちをふりはらうように、従者達に声をかける。

ナポレオン　行くぞ。

一瞬シャルルを見つめるが、一同を引き連れ立ち去るナポレオン。

一人残るシャルル。断頭台の刃が勝手にゆっくりと上がっていく。それに呼応するようにこちらもゆっくりと断頭台に近づくシャルル。断頭台に手を伸ばし物思う。

夕陽がシャルルと断頭台を赤く染める。

その光景にのまれて、見ているしかできないジャンとエレーヌ、トビアス。
と、刃がいきなり落ちる音がして、一瞬にして闇になる。

〈サンソン――ルイ16世の首を刎ねた男――2023年版〉　―終―

本書は安達正勝著『死刑執行人サンソン――国王ルイ十六世の首を刎ねた男』（集英社新書刊）に基づいて脚色した作品です。

あとがき

『№9 ―不滅の旋律―』でご一緒した熊谷プロデューサーから、白井晃さん演出稲垣吾郎くん主演の舞台の新作依頼の打診があったのは、二〇一九年の初めだったと思う。最初は『イノサン』という漫画の舞台化という話だった。坂本眞一氏が描く、フランス革命期のパリの処刑人、シャルル＝アンリ・サンソンを主人公とした漫画だ。

さっそく『イノサン』とその原作である安達正勝氏の著作『死刑執行人サンソン――国王ルイ十六世の首を刎ねた男』を読んでみた。

『イノサン』は坂本氏の画力に圧倒されたが、しかし、これを舞台化するのは僕には無理だと思った。この漫画の一番の魅力はその画力が生み出す残酷さと耽美さだ。生の舞台でそれをやりきれるか。

よく、映像関係の人間などから「原作漫画は題材提供と割り切って自由に脚色すればいい」という声も聞くが、それは出版社で編集者やライツ担当としてその原作を守る立場で仕事をしてきた自分には絶対にのめない発想だった。

もちろん原作をそのままやればいいというものではない。小説や漫画と、舞台、映像はそれぞれ表現方法が違う。比較的近いように思える漫画とアニメだって、読むことを前提に書かれたセリフと声に出すことを前提にしたセリフだと、言葉の組み方が違ったりする。原作物をやるのならば、あくまでその原作の肝の部分を理解し尊重した上で、舞台化なり映像化なりをしたい。それが自分の望みだった。

そういう意味で、僕には『イノサン』の舞台化はできないと思ったのだ。

ただ、死刑執行人シャルル＝アンリ・サンソンという人物とギロチン製作のエピソードには興味をひかれた。

死刑廃止論者の死刑執行人が、より平等な人道的な処刑法を求めて作られた断頭台があったからこそ、革命後の恐怖政治で多くの人間が首を刎ねることになるという皮肉。

そのシャルル＝アンリの生涯を中心にパリの処刑人であるサンソン家の歴史を書いた『死刑執行人サンソン』ならば舞台化できると返事をした。

だから、舞台『サンソン』と漫画『イノサン』は、原作である安達正勝氏の『死刑執行人サンソン』から生まれた兄弟のようなものだと考えてもらいたい。


実際の構想に入ったのは二〇二〇年の春だった。コロナ禍で緊急事態宣言の最中、劇場は全て閉じ、この先がどうなるのかはっきりとはわからないまま、パリの処刑人の物語を考えるのはいささか気分が重く、とっかかりには苦労した。

しかし、フランス革命という嵐の中、人道的で平等な死刑を目指して断頭台製作に関わった人々と、死刑執行という重い職務と愚直に誠実に向き合ったシャルル＝アンリ・サンソンという男の存在は、今改めて語られてもよいのではないか。そんな思いに背中を押されてなんとかストーリーを組み上げた。

そこで一度、今の自分の気持ちと書くべき人々の姿とに向き合ったのが功を奏したのか、脚本を書くときには、現実の自分達の状況は置いておいて、すんなりと彼らの世界に入って行けた。

未だに色々と難しい状況ではあるが、それでもまた一つ、新しい芝居が書けたことを素直に喜びたいと思う。

二〇二一年三月上旬

中島かずき

〈2023年版〉あとがき

『サンソン』初演の初日は忘れられない。

二〇二一年四月二三日、いまだコロナ禍の不穏な空気の中、それでもようやく『サンソン』初日の幕が開き、みんなホッとした時に、再び緊急事態宣言が出された。三度目の緊急事態宣言だ。また出そうだという噂はあった。ただ、二度目の時には劇場は通常営業していいという流れだったから、今回も公演中止にはならないだろうと楽観視していた。ところがゴールデンウィークを控えて人流を抑えたかったのか、今回は劇場も閉鎖してほしいという要請だとわかり、事態は緊迫した。

金曜日の発出だったから、土日をはさんで月曜にしか役所の確認はとれない。

他の公演主催者とも連絡をとりあう中で、大手も休演やむなしと考えている事が分かり、四月二五日と二七日の公演をもって東京公演は中止となった。（二六日は最初から休演日の予定だった）結局、東京公演は全部で五ステージしか行われなかった。

この時、劇団☆新感線も『月影花之丞大逆転』という僕の脚本の公演を大阪で行っていた。その大阪でも同様の緊急事態宣言が発出されている。そのため、こちらも四月二六日の公演で中止となっている。

前年の二〇二〇年も、このくらいの時期に新感線の『偽義経冥界歌』に東京公演の一部と博多公演全て、そしてプロデュース公演である『新・陽だまりの樹』全公演が中止になっていた。

一年経って少しはましになっていたと感じていたのに、「またか」という思いでなんとも悔しかった。

『サンソン』は結局、大阪の全公演も中止になり、その後、久留米公演から再開でき、神奈川公演で大千穐楽を迎えることはできた。

しかし、やはり突然の中断により、カンパニーの誰の胸にも不完全燃焼な燻りが残っていたことは確かだと思う。

その燻りからようやく解放される。

前回と同じメンバーと新しく加わったメンバーとにより、より一層熱のこもった舞台になると確信している。

戯曲本としての決定稿を出してから、稽古でも随分と変更された。さらに初演を見て僕自身が変更したいと思う部分もあった。

今回の再演にあたり、以前の戯曲本の在庫が少ないので重版を検討していると論創社さんから連絡があったので、もし可能ならそれらの変更を加えた改訂版を出したいとお願いしたところ、快諾してくれた。

論創社さんにはいつもわがままを聞いてもらっている。ありがたいことである。

また、この戯曲を書くにあたり、原作の『死刑執行人サンソン』とは別に、西川秀和氏が自費出版された『サンソン家回顧録（上・下）』（アンリ＝クレマン・サンソン編　西川秀和訳）も参考にさせてもらった。出版されたのがまさに執筆時期だったので天の助けだった。こちらも改めて感謝の意を捧げたい。

中島かずき

二〇二三年三月下旬

◇上演記録
『サンソン――ルイ16世の首を刎ねた男――』

【登場人物】

シャルル＝アンリ・サンソン……………………稲垣吾郎

ルイ16世……………………………………………大鶴佐助
トビアス・シュミット……………………………崎山つばさ
ジャン＝ルイ・ルシャール………………………佐藤寛太
ナポリオーネ・ブオナパルテ……………………落合モトキ
ルイ＝アントワーヌ・サン＝ジュスト…………池岡亮介
エレーヌ……………………………………………清水葉月

デュ・バリー夫人…………………………………智順
マチュラン・ルシャール
アントワーヌ・ルイ博士…………………………春海四方
グロ…………………………………………………有川マコト
ラリー＝トランダル将軍…………………………松澤一之

ジョゼフ・ギヨタン………………………………田山涼成

シャルル＝ジャン＝バチスト・サンソン
マクシミリアン・ロベスピエール………………榎木孝明

今泉 舞　岡崎さつき　小田龍哉　加瀬友音　木村穂香　久保田南美
熊野晋也　斉藤 悠　髙橋 桂　チョウヨンホ　中上サツキ　中山義紘
奈良坂潤紀　成田けん　野坂 弘　畑中 実　古木将也　村岡哲至
村田天翔　ワタナベケイスケ　渡邉りょう

【スタッフ】
演出：白井 晃
脚本：中島かずき（劇団☆新感線）
音楽：三宅 純

原作：安達正勝『死刑執行人サンソン――国王ルイ十六世の首を刎ねた男』（集英社新書刊）

美術：二村周作
照明：髙見和義
音響：井上正弘
衣裳：前田文子
ヘアメイク：川端富生
映像：宮永 亮　栗山聡之
アクション：渥美 博
演出助手：菅田恵子
舞台監督：宇佐美雅人
制作：笠原健一　原 佳乃子　島村 楓　辻村実央
プロデューサー：熊谷信也

【東京公演】東京建物 Brillia HALL
2023年4月14日(金)~4月30日(日)
主催:キョードー東京/TBS/イープラス
後援:TOKYO FM/TBSラジオ

【大阪公演】オリックス劇場
2023年5月12日(金)~5月14日(日)
主催:「サンソン」大阪公演製作委員会

【松本公演】まつもと市民芸術館 主ホール
2023年5月20日(土)~5月21日(日)
主催:キョードー東京/TBS/イープラス/
　SBC信越放送/一般財団法人松本市芸術文化振興財団

企画製作:キョードー東京

『サンソン――ルイ16世の首を刎ねた男――』（２０２１年公演）

【登場人物】
シャルル-アンリ・サンソン……稲垣吾郎

ルイ16世……中村橋之助

トビアス・シュミット……橋本 淳
ジャン-ルイ・ルシャール……牧島 輝
ナポリオーネ・ブオナパルテ……落合モトキ
ルイ-アントワーヌ・サン-ジュスト……藤原季節
エレーヌ……清水葉月

デュ・バリー夫人……智順
マチュラン・ルシャール
アントワーヌ・ルイ博士……藤田秀世
グロ……有川マコト
ラリー-トランダル将軍……松澤一之

ジョゼフ・ギヨタン……田山涼成

シャルル-ジャン-バチスト・サンソン
マクシミリアン・ロベスピエール……榎木孝明

伊藤壮太郎　今泉 舞　岡崎さつき　小田龍哉　久保田南美　熊野晋也　斉藤 悠
髙橋 桂　内藤好美　中上サツキ　中村芝晶　奈良坂潤紀　成田けん　野坂 弘
畑中 実　古木将也　まりあ　村岡哲至　村田天翔　ワタナベケイスケ　渡邊りょう

【スタッフ】
演出：白井 晃
脚本：中島かずき（劇団☆新感線）
音楽：三宅 純

原作：安達正勝『死刑執行人サンソン――国王ルイ十六世の首を刎ねた男』（集英社新書刊）

美術：二村周作
照明：髙見和義
音響：井上正弘
衣裳：前田文子
ヘアメイク：川端富生
映像：宮永 亮　栗山聡之
アクション：渥美 博
演出助手：豊田めぐみ
舞台監督：田中直明　福澤諭志
制作：笠原健一　原 佳乃子　島村 楓
プロデューサー：熊谷信也

【東京公演】東京建物 Brillia HALL
２０２１年4月23日（金）～5月9日（日）
主催：キョードー東京／ＴＢＳ／イープラス
【大阪公演】オリックス劇場
２０２１年5月21日（金）～5月24日（月）
主催：「サンソン」大阪公演製作委員会
【福岡公演】久留米シティプラザ
２０２１年6月11日（金）～6月13日（日）
主催：ＲＫＢ毎日放送
【神奈川公演】ＫＡＡＴ神奈川芸術劇場
２０２１年6月24日（木）～6月27日（日）
主催：キョードー東京／ＴＢＳ／イープラス

企画製作：キョードー東京

中島かずき（なかしま・かずき）
1959年、福岡県生まれ。舞台の脚本を中心に活動。85年4月『炎のハイパーステップ』より座付作家として「劇団☆新感線」に参加。以来、『髑髏城の七人』『阿修羅城の瞳』『朧の森に棲む鬼』など、“いのうえ歌舞伎”と呼ばれる物語性を重視した脚本を多く生み出す。『アテルイ』で2002年朝日舞台芸術賞・秋元松代賞と第47回岸田國士戯曲賞を受賞。

K. Nakashima Selection Vol. 39
サンソン――ルイ16世の首を刎ねた男――〈2023年版〉

2023年4月5日　初版第1刷印刷
2023年4月14日　初版第1刷発行

脚　本　中島かずき
原　作　安達正勝『死刑執行人サンソン――国王ルイ十六世の首を刎ねた男』
発行者　森下紀夫
発行所　論創社
東京都千代田区神田神保町2-23　北井ビル
電話 03（3264）5254　振替口座 00160-1-155266
印刷・製本　中央精版印刷
ISBN978-4-8460-2273-4

K. Nakashima Selection

Vol. 1	LOST SEVEN	本体2000円
Vol. 2	阿修羅城の瞳〈2000年版〉	本体1800円
Vol. 3	古田新太之丞 東海道五十三次地獄旅 踊れ！いんど屋敷	本体1800円
Vol. 4	野獣郎見参	本体1800円
Vol. 5	大江戸ロケット	本体1800円
Vol. 6	アテルイ	本体1800円
Vol. 7	七芒星	本体1800円
Vol. 8	花の紅天狗	本体1800円
Vol. 9	阿修羅城の瞳〈2003年版〉	本体1800円
Vol. 10	髑髏城の七人 アカドクロ／アオドクロ	本体2000円
Vol. 11	SHIROH	本体1800円
Vol. 12	荒神	本体1600円
Vol. 13	朧の森に棲む鬼	本体1800円
Vol. 14	五右衛門ロック	本体1800円
Vol. 15	蛮幽鬼	本体1800円
Vol. 16	ジャンヌ・ダルク	本体1800円
Vol. 17	髑髏城の七人 ver.2011	本体1800円
Vol. 18	シレンとラギ	本体1800円
Vol. 19	ZIPANG PUNK 五右衛門ロックⅢ	本体1800円
Vol. 20	真田十勇士	本体1800円
Vol. 21	蒼の乱	本体1800円
Vol. 22	五右衛門vs轟天	本体1800円
Vol. 23	阿弖流為	本体1800円
Vol. 24	No.9 不滅の旋律	本体1800円
Vol. 25	髑髏城の七人　花	本体1800円
Vol. 26	髑髏城の七人　鳥	本体1800円
Vol. 27	髑髏城の七人　風	本体1800円
Vol. 28	髑髏城の七人　月	本体1800円
Vol. 29	戯伝写楽	本体1600円
Vol. 30	修羅天魔～髑髏城の七人　極	本体1800円
Vol. 31	偽義経　冥界に歌う	本体1800円
Vol. 32	偽義経　冥界に歌う　令和編	本体1800円
Vol. 33	新 陽だまりの樹	本体1800円
Vol. 34	月影花之丞大逆転	本体1500円
Vol. 35	サンソン ルイ16世の首を刎ねた男	本体1500円
Vol. 36	狐晴明九尾狩	本体1800円
Vol. 37	神州無頼街	本体1800円
Vol. 38	薔薇とサムライ2 海賊女王の帰還	本体1800円